轻与重
FESTINA LENTE

姜丹丹 何乏笔（Fabian Heubel） 主编

沉默的言语

论文学的矛盾

[法] 雅克·朗西埃 著　臧小佳 译

Jacques Rancière

La parole muette

Essai sur les contradictions de la littérature

华东师范大学出版社

华东师范大学出版社六点分社　策划

主 编 的 话

1

时下距京师同文馆设立推动西学东渐之兴起已有一百五十载。百余年来,尤其是近三十年,西学移译林林总总,汗牛充栋,累积了一代又一代中国学人从西方寻找出路的理想,以至当下中国人提出问题、关注问题、思考问题的进路和理路深受各种各样的西学所规定,而由此引发的新问题也往往被归咎于西方的影响。处在21世纪中西文化交流的新情境里,如何在译介西学时作出新的选择,又如何以新的思想姿态回应,成为我们必须重新思考的一个严峻问题。

2

自晚清以来,中国一代又一代知识分子一直面临着现代性的冲击所带来的种种尖锐的提问:传统是否构成现代化进程的障碍?在中西古今的碰撞与磨合中,重构中华文化的身份与主体性如何得以实现?"五四"新文化运动带来的"中西、古今"的对立倾向能否彻底扭转?在历经沧桑之后,当下的中国经济崛起,如何重新激发中华文化生生不息的活力?在对现代性的批判与反思中,当代西方文明形态的理想模式一再经历祛魅,西方对中国的意义已然发生结构性的改变。但问题是:以何种态度应答这一改变?

中华文化的复兴,召唤对新时代所提出的精神挑战的深刻自觉,与此同时,也需要在更广阔、更细致的层面上展开文化的互动,在更深入、更充盈的跨文化思考中重建经典,既包括对古典的历史文化资源的梳理与考察,也包含对已成为古典的"现代经典"的体认与奠定。

面对种种历史危机与社会转型，欧洲学人选择一次又一次地重新解读欧洲的经典，既谦卑地尊重历史文化的真理内涵，又有抱负地重新连结文明的精神巨链，从当代问题出发，进行批判性重建。这种重新出发和叩问的勇气，值得借鉴。

3

一只螃蟹，一只蝴蝶，铸型了古罗马皇帝奥古斯都的一枚金币图案，象征一个明君应具备的双重品质，演绎了奥古斯都的座右铭："FESTINA LENTE"（慢慢地，快进）。我们化用为"轻与重"文丛的图标，旨在传递这种悠远的隐喻：轻与重，或曰：快与慢。

轻，则快，隐喻思想灵动自由；重，则慢，象征诗意栖息大地。蝴蝶之轻灵，宛如对思想芬芳的追逐，朝圣"空气的神灵"；螃蟹之沉稳，恰似对文化土壤的立足，依托"土地的重量"。

在文艺复兴时期的人文主义那里，这种悖论演绎出一种智慧：审慎的精神与平衡的探求。思想的表达和传播，快者，易乱；慢者，易坠。故既要审慎，又求平衡。在此，可这样领会：该快时当快，坚守一种持续不断的开拓与创造；该慢时宜慢，保有一份不可或缺的耐心沉潜与深耕。用不逃避重负的态度面向传统耕耘与劳作，期待思想的轻盈转化与超越。

4

"轻与重"文丛，特别注重选择在欧洲（德法尤甚）与主流思想形态相平行的一种称作 essai（随笔）的文本。Essai 的词源有"平衡"（exagium）的涵义，也与考量、检验（examen）的精细联结在一起，且隐含"尝试"的意味。

这种文本孕育出的思想表达形态，承袭了从蒙田、帕斯卡尔到卢梭、尼采的传统，在 20 世纪，经过从本雅明到阿多诺，从柏格森到萨特、罗兰·巴特、福柯等诸位思想大师的传承，发展为一种富有活力的知性实践，形成一种求索和传达真理的风格。Essai，远不只是一种书写的风格，也成为一种思考与存在的方式。既体现思索个体的主体性与节奏，又承载历史文化的积淀与转化，融思辨与感触、考证与诠释为一炉。

选择这样的文本，意在不渲染一种思潮、不言说一套学说或理论，而是传达西方学人如何在错综复杂的问题场域提问和解析，进而透彻理解西方学人对自身历史文化的自觉，对自身文明既自信又质疑、既肯定又批判的根本所在，而这恰恰是汉语学界还需要深思的。

提供这样的思想文化资源，旨在分享西方学者深入认知与解读欧洲经典的各种方式与问题意识，引领中国读者进一步思索传统与现代、古典文化与当代处境的复杂关系，进而为汉语学界重返中国经典研究、回应西方的经典重建做好更坚实的准备，为文化之间的平等对话创造可能性的条件。

是为序。

姜丹丹（Dandan Jiang）
何乏笔（Fabian Heubel）
2012年7月

目 录

导读 /1
引言　从一种文学到另一种 /1

第一部分　从狭义诗学到广义诗学 /1
　第一章　从再现到表达 /3
　第二章　从石块之书到生命之书 /20
　第三章　生命之书与社会表达 /36

第二部分　从普遍的诗学到沉默的文学 /51
　第四章　从未来诗歌到过去诗歌 /53
　第五章　碎片之书 /73
　第六章　文学的寓言 /85
　第七章　书写之争 /96

第三部分 作品的文学矛盾 /109

　　第八章　风格之书 /111

　　第九章　理念的书写 /134

　　第十章　技巧,疯狂,作品 /162

结论　一种怀疑艺术 /197

导 读

不知从什么时候起,人们开始喜欢沉默的事物。尤其是在政界,人们美誉民众为沉默的大多数,称韬光养晦的政治家具有沉默的力量。法国当代著名哲学家雅克·朗西埃(Jacques Rancière,1940—)也赶一把术语的时髦,谈起了"沉默的言语"。这位巴黎第八大学的荣誉教授,早年曾经与阿尔都塞合著过《读资本论》(1965),在德里达的国际哲学研讨会里主讲过"艺术的美学制度",提出了"感性分享"的概念。80年代,他以"哲学教育"、"历史性"和"诗学"为主要思考领域,论述涉及文学、电影和政治等诸方面,著有《哲学家及其贫乏》(1983)、《社会学家的王国》(1984)、《平民哲学家》(1985)、《无知的大师》(1987)等。90年代他开始构建自己的美学体系,专注于美学与政治的研究,提出"歧论"观念,探讨《美学中的不满》(2004),著有《历史的名字:论知识诗学》(1992)、《诗人的政治》(1992)、《歧论:政治与哲学》(1995)、

《马拉美:美人鱼政治》(1996)、《无产者之夜》(1997)、《词语之肉:文字的政治》(1998)、《沉默的言语:论文学的矛盾》(1998)等。新世纪以来,他开始整理先前的美学思考,对当代民主提出批判,如《民主之恨》(2005)、《共识时代的纪事》(2005)、《民主的现状》(2009)、《解放的观众》(2008)等。同时还将政治概念应用到文学艺术中,如《感性的分享:美学与政治》(2000)、《美学无意识》(2001)、《电影寓言》(2001)、《图像的命运》(2003)、《民众的舞台》(2003)、《在政治的边缘》(2004)、《美学的不满》(2004)、《文字空间》(2005)、《文学的政治》(2007)等。综合上述著作的内容,可以勾勒出一个比较完整的美学与政治的体系,显示出其言语的沉默的力量。这使得他在欧美学界被誉为当代重要的美学思想家,其美学理论也成为当今文学和视觉艺术的参照。

朗西埃理论中最重要的两个概念就是美学与政治。就美学方面而言,他有一个重要的概念,即歧论(mésentente)。朗西埃借此探讨19世纪文学的兴起和现代文学的开启,认为这种歧论具有表面上的矛盾:一方面是现代文学从传统模拟论中解放出来,另一方面又使现代文学无法区别于其他文学体。因此,在再现与美学之间就必然导致感性的分享。在朗西埃看来,"感知的工厂"从事着一种新型的美学行动,以构成新的感知模式,以多样的人类活动去制造共享的感性世界。所谓"美学",就是识别与反艺术的一套制度,以不同制作方式去构建新的范式。在政治(la politique)方面,他认为这是一个相遇之地,是两个异质的过程交汇之处:第一个过程可称作"治理性"过程,这就是治安(la police),另一个过程是解放的过程,那就是政策(la politique)。治安就是对社会进行整体组织,以便形成一个机制,使得每个人都有自己的位置。而解放过程则是一种实践性游戏,假设任何人之间都机会均等,而且要对游戏进行监控。解放就是对公共的世界进行分享,对机会均等的假设进行监控,即游戏者与对手能够进行同样的游戏。显然,任何治安都会否定平等和解放,所以这两个过程水火不相容。朗西埃认为,任何治安都会损害平等。而政治将是这样的场所,在那里可以对这种损害进行处理,监督平等的实现。

《沉默的言语》是朗西埃关于美学与政治的思考在文学上的继续。他似乎要重新描绘一个文学概念的体系,进行一种新的论证,重建一个从康德、谢林、施莱格尔到黑格尔的美学谱系。通过对美学的阐释,试图提供一种特别的延展,用一种新的目光审视两个世纪以来的文学史,即"沉默的言语"的历史,用新的方法重新定义文学。朗西埃深入思考美学的变革,即他所说的"并不思考的思想"或者说"无意识的思想",体察建立在矛盾逻辑上的美学。朗西埃着力恢复诗学的谱系,借鉴维柯对荷马形象的探究以及柏拉图的书写观念,把文学看作柏拉图所评判的民主体制的语言能力。从柏拉图创造的书写——神话的书写构思开始,朗西埃用逻各斯与帕索斯两种思考方式去对应美学的两种形态转变。而如果书写意味着多语和沉默的文字体系同时构建着一个领域,那么通过"沉默的言语"的这两种形式演进,便可以用"沉默的言语"来论述文学的矛盾并进行统一的阐释:即美学的变革,再现的体制,诗学和书写等。在《沉默的言语》中,朗西埃就整个文学史范畴提出了文学的矛盾问题,在文学史中回顾文学存在的境遇问题,从比较文学角度提出了文学的多重发展问题。在具体考察中,朗西埃对一些普遍观念作了重新定义,例如美学、伦理学或是政治等,将它们纳入一个历史进程,以展示艺术的再现体制,解释文学中的若干问题。

沉默的文字

朗西埃首先从"文学"的定义谈起。关于"什么是文学?"朗西埃提出了两个值得对比的定义:伏尔泰认为,文学是具有某种风格的作品,是历史、诗歌、雄辩术和批评的概括;而布朗肖则认为,一部文学作品就是一段沉默而丰富的驻足,文学用沉默讲述着圣迹,而沉默的缺失,会导致文学话语的消失。在朗西埃看来,这两个定义的差异在于"文学"这个词,它一方面包含着词义的流动,同时也佐证了我们与它之间的距离。从伏尔泰到布朗肖,从17世纪到20世纪,从高乃依、拉辛的时代,到巴托、马蒙泰尔、拉阿尔佩,再到斯达尔夫人、施莱格尔、雨果、巴尔扎克和福楼拜,"文学"的词义发生了默默的转变,却未引起作家们的留意。词义无声的流动,便是在伏尔泰的定义和我们的定义之间产生差异的原因。

布朗肖的定义属于文学的隐喻范畴。从文本中对圣迹的探讨,福楼拜式的文字荒漠化,马拉美式的文字神圣化,到19世纪德国的艺术绝对化,文学成为对无法言说的神圣属性的言说。布朗肖之所以引用了荒漠和围墙,正是因为在文学流变的过程中,它经历了诺瓦利斯的诗歌,施莱格尔的诗学,黑格尔和谢林的哲学。文学已与艺术和哲学,宗教和法律,物理与政治融为一体。从伏尔泰到布朗肖,这是文学经历转化的两个时间:词义的流动,哲学与诗学的思辨转化。"文学"作为书写的艺术作品和可见的历史形态,成为一个可能的系统。朗西埃希望通过"文学"词义变化的性质和形态去理解变革,寻求写作与新艺术的结合途径。

朗西埃认为,"再现诗学"原则对立于"诗歌与虚构"的小说原则,由此引出书写的双重概念:书写可以作为引领自身和证明自身的孤独的言语;反之,也可以成为将思想记入躯体的象形文字。这两种书写恰恰体现了"文学的矛盾"。通过对福楼拜、马拉美和普鲁斯特三位作家的分析,朗西埃试图证明这一文学矛盾的体现。文学应该是借助自己思想去表达和借助矛盾去创造的一种艺术,它是沉默的文字,具有沉默的力量。

沉默的石块

石头是不会说话的,但石头能够见证,能够表达和再现。诗人戈蒂埃就喜欢石块,欢呼"诗句,珐琅,云石,玛瑙",欣赏卡拉拉大理石的坚硬,帕罗斯大理石的优良,声称要"和名石去较量……精雕细刻,琢磨不止;要让你飘忽的梦想,借块顽石,化成磨不灭的形象!"朗西埃把文学看成石块之书,自有他的道理。《沉默的言语》的第一部分为"从狭义诗学到广义诗学",分三步推出关于文学无止境的矛盾法则的演进:即从再现到表达,从石块之书到生命之书,从生命之书到社会表达。首先,朗西埃借用诗学的古典三原则,即选题、布局和风格,试图证明雨果《巴黎圣母院》中的"石化"其实是对古典原则等级的倒置。小说选题是石砌的教堂而不是人类的行为,这一选题意味着雨果要用他的言语赋予石块以生命,使风格成为选题的主导缘由。目的的倒置,是为了重建一个新的再现系统。因而雨果的"石化"本身便成为一种新的诗学,一种与古典诗学完全对立的诗学。

朗西埃总结了再现系统的四大准则:一是虚构准则,这是亚里士多德《诗学》中的要素,包含"选题"和"布局"。二是文类准则,这也是亚里士多德在《诗学》中提出的准则,即诗歌的类别,无论史诗或讽刺诗,喜剧或悲剧,都首先取决于它所再现对象的性质。三是得体准则,即选择一种相对应的虚构类型,并给人物提供适合他们性格的言语和行为。得体准则取决于作家、被再现的人物和参与其中的读者之间的和谐。最后一条是现实性准则,将虚构行为与言语行为统一起来,体现出言语功能的重要性。虚构、再现的文类、得体的方式和行动式言语构成了再现系统的"共和"秩序。雨果的"石化"象征着对古典系统的颠覆,而在新的再现系统中,颠倒同时带来了新的诗学准则:言语的优先反抗着虚构至上,被再现主题的相互平等,体裁的分类相互对立,书写的典范又对抗着言语行为。新的诗学使得文学体裁不受主题支配,小说的体裁不拘一格:"风格"开始与作品功能趋同。

雨果的"石化"可以被视为福楼拜"虚无之书"的样板。朗西埃在此引入了两条准则,使再现诗学得以统一艺术系统。其一是"诗如画",其二是严密的结构示范。后者可以参照马拉美或普鲁斯特的阐释方式:尝试通过诗歌去窃取音乐、绘画或舞蹈,作为与文学"和解"的形式。对艺术形式进行思考,就是在言语的不同形式间进行类比。雨果的大教堂式作品和石块诗句之间的类比,就是两种作品之间的言语类比。

通过对石块作品和言语作品的类比,朗西埃引出"虚构"的观念。"从石块之书到生命之书",意思是说石块构成的教堂是圣言的化身,按照"诗如画"中的描述,每一种言语的圣言都是统一的。通过对石块言语的象征,朗西埃提出了"沉默的言语":作为有说服力的言语,它并不在词语中言说,而是通过圣言的力量与生命之书连接。因而沉默的言语成为有生命的言语,开始支配诗歌,使诗歌告别纯粹的虚构用途,在无类别的类别中存在。雨果所营造的沉默石块所要说出的言语,正是他的文字所要揭示和再现的言语:石块成为圣言或圣言构成石块。诚然,在诗歌与石块之间存在一种多重的关系,即小说作品与生命之书的关系,生命之书与诗歌的关系,诗歌、人与石块的关系。从寓言到经文,宗教文本成为表现虚构神灵的诗歌。同时,"摹仿"的概念开始渐渐被"虚构"取代,"虚构"通过想象去虚构普遍的存在,以沉默的方式进行表达,展现"石化"的言语。任何石块都可以成为言语:雨果的圣言,乔佛瓦的石子以及类似康德的"用密码语言作诗",或是诺瓦利斯对材料的研究与过去的"启示"。中国四大古典名著之一《红楼梦》,其最初的书名不也是《石头记》么?从那个"蠢物"中,衍生出上百个鲜活的生命,演绎出那个时代人类的命运。

在石块之书成为生命之书后,朗西埃又将读者带向社会表达。朗西埃认为,言语之所以是只关心自身的"不及物"言语,是因为言语本身就是社会经验和认知的文本,言语先于我们说出了这一经验,说出事物之间的关系。在言语自身中,已经包含了它所说出内容的特征及规律,因而言语具有其物质性。从诺瓦利斯"独白的"方式到施莱格尔兄弟,再到西斯蒙第、斯达尔夫人,他们之间不是一种矛盾的关联继承,而是通过言语和内容之间的共性进行连接。言语说的是自己的本源,而诗歌则是一种"社会"的表达。"文学是社会的表达",文学是扎根于社会历史的语言,在深层的有机生活中孕育萌生。诗歌是某个时代某一人群的精神和言语。斯达尔夫人对文学和社会关系进行了论证,指出诗歌是人类无意识天分与艺术家创造性的产物,是文学的不及物性的产物,它反映着隐藏的精神世界,表达着社会的关系。文学是一种"社会的表达",是表达社会的沉默的石块。

沉默的书写

文学要表达社会,成为司汤达的"在路上行走的镜子",就得以现实断片为素材,以文学寓言为方式,以沉默方式去书写,这是朗西埃在第二部分中所强调的论点。他以黑格尔的美学、席勒的朴素诗歌、施莱格尔的"断片"系统为参照,探讨书写的最佳途径。黑格尔的美学确定了知与不知、语言与石块、集体与个人之间的关系,在这些关系中保障诗性的地位,找到书写艺术的新形态。席勒将诗歌区分为朴素的诗和感伤的诗。认为"朴素"的诗是自发意识的创作,而感伤则是一种现代性,是在失去本源之后发出的叹息,这种心灵的感受完全对立于社会秩序的散文。而施莱格尔的"断片"也许是表达内心世界和主观性诗歌的最佳形式。"断片"是指未完成和分解性的身份标记,一个断片就是一次起源,是从僵化的万物中找回的统一性。"断片"是表达的统一,是变质的统一。断片统一了对立面,实现了浪漫主义诗歌的统一,艺术家与艺术作品的差异被消除,成就了一种"属于全人类范畴的诗"——"碎片之书"。

在第五章"碎片之书"中,朗西埃借用黑格尔关于碎片的寓意、塞万提斯《堂吉诃德》中碎片的循环,通过漫长的传统主题的传承,揭示出小说传统主题进入最初寓言的事实。在那些被找到的手稿碎片中,朗西埃发现了一个共同特点:叙述经历了上千次的变化,但它的组成部分从根本上还保持原样。被找到的书——书的碎片——专属于小说的幻想,转变成开始写作的社会语言。散落的书页不仅象征着徒劳的写作,也是为寻找诗意而付出的无限努力。当鲁滨逊变成不幸的堂吉诃德时,便成了一个令人不安的社会象征。在碎片的寓意中,我们看到的是柏拉图理想国的准则:每个人各行其是。无论是勒米尼埃、诺蒂埃、雨果或是巴尔扎克,其困境都是一样,他们是柏拉图理想国黄金准则的现代变异。

文学的寓言所指的是书写的体制。朗西埃把文学看作柏拉图所评判的民主体制,认为"做"、"存在"和"说"的形态对应于公民事务,公民道德,公民礼法。柏拉图用他的方式树立起模仿的法规,用好的模仿对抗拙劣的模仿,认为真正的模仿是在个体或城邦有生命的身体和灵魂中,即对美德的模仿。亚里士多德分裂了灵魂与城邦,规定了模仿的范围,并定义了模仿的合法体系:即模仿行为的积极效果是知识的特殊形态,虚构的现实原则限定了特有的时空及言语的特殊体制,文类性原则根据主题的崇高来分配模仿形态,言语的现实性原则成为寓言的评判标准。在谈到堂吉诃德问题时,他认为,这位西班牙低等贵族颠倒了支配疯狂的理性秩序,堂吉诃德不是因爱情而疯,而是为寻找文学和书本的真相而发狂。于是,朗西埃将堂吉诃德看作是美学变革的预兆。在再现的诗学之后,应当迎来伟大的"言说一切"的诗歌,用沉默的事物再现言语的诗歌。

书写之争是第七章的主要论题。朗西埃借巴尔扎克的《乡村神甫》来帮助我们理解书写之争的原则。巴尔扎克用寓言的方式预感了一种命运:寓言的、阴谋的和道德之间无法实现的和解。秘密始终是虚构的现实,他支配秘密的方法就是秘密的内情。巴尔扎克的寓言与柏拉图的寓言有着相同的表现:书写的致命危害以及书写与民主的内在关系。小说作为无体裁的体裁是沉默的言语的最佳形式,它在讲述却不再现,在描绘却不被看见,它求助于万物的言语,又将自己隐匿其中。文学与虚构故事的法则趋于一致,与精神的法则妥协。小说是新旧诗学内在矛盾加剧的场所,是文学在相互冲突的准则中生存下来的体裁。沉默书写的民主主义寓言和新"诗",只能在特殊和陌生的言语中书写,以形成藏于万物言语中的沉默力量。文学领域已经成为一片沙场,文学在沉默和多语的文学民主中,在书写之争的战场中,被逼到超书写的形象,变成不成文的书写,或高于"成文"的书写。

沉默的风格

朗西埃最后探讨的是风格问题。他在"风格之书"一章中指出,文学的时代不仅仅是书写之争的时代,它也是试图调停这一战争的时代。我们正处在"感伤的"或"浪漫的"分裂的时代,这个时代的小说成为"史诗的新形式"。福楼拜竭力推崇"风格",因为风格忠实于目光与书写的一致。风格应作为言语的力量进入观念。关于虚无之书,应将词语和思想融入其中,用风格的力量为整体赋予稳定性。用风格的内化力量维持自身状态,一本几乎没有主题的书,其表达越是与思想靠近,词语便越是贴切而不留痕迹。艺术的未来就在这样的轨道上,形式开始脱离仪式和规则的束缚。"因此,主题不分美丑,我们几乎可以从纯粹艺术的视角,建立一种公认的原则,没有任何主题,风格就是看待事物的绝对方法。"《包法利夫人》的风格方法,就是将浪漫主义写作的主观性与观看视角的客观性统一起来。每个句子在叙述的句法和沉思的反句法中保持平衡。再现和反再现的时刻构成了叙述之线。福楼拜的风格让句子变得不可见,即首先成为音乐。看的理想方法不是去看,而是去倾听,在变成音乐的同时,风格成为无需讲话却在言说的艺术,虚无的书写使句子与音乐同化,沉默地走向另一个境界。

然而风格又承载着一种理念,也是一种理念的书写。文学需要专属的土壤,而福楼拜风格的信仰有教义却没有专门的领域。他将纯粹风格的理想性与无差别原则联系起来,致使他永远无法找到"他的"主题,他最终来到的所谓"艺术的顶点",却是两个愚蠢的抄写者的抄写(《布瓦尔和佩居歇》)。马拉美认为,虚无可以转变为光辉的幻象,诗人要在万物中寻找无限的图景,揭示自身符号的意象。"每一句精神诗句,在精神的意念中,应当同时是可塑的图像,思想的表达,感情的陈述以及哲学的象征;它还应当是一种旋律,这是诗歌在整体旋律中的片段。"文学仅作为音乐和文学存在。音乐不仅是一种艺术,它也是艺术的理念,反再现诗学在其中自成体系。文学将艺术的命运铭刻在思想的命运里。于是诗歌的普遍艺术完成了从思想石块到纯粹思想的转变。**为了抵达诗歌,应当穿越另一种艺术:音乐**。音乐是时间的艺术,用它的技巧实现"意义的内在世界"。音乐确定了艺术的另一目标:使感知变得流畅,并把思想变得敏感和"富有艺术性"。要想恢复文学的精神力量,就应当将理念重新物质化。但理念的物质化是两个空间:再现的空间,理念在其中被描绘成可感知的形象;纸张上的空间,理念在其中成为平庸的散文书写。马拉美坚持诗歌特有的物质性,创造作为模拟空间的书写的空间,并且与感性的思想相一致。理念的书写既是文本书写,也是阐释过程,理念的表现艺术将书写的空间与表现的空间等同起来。

朗西埃最后谈到了普鲁斯特,谈到书写的虚构。普鲁斯特试图让文学摆脱"表达的严肃性"和"主题的无意义",坚持用恢复记忆的方式创造一个虚构,让作品与作者主体的说法分离。对普鲁斯特来说,任何材料都可以总结为一个"*印象*"。普鲁斯特必不可少的材料就是作为符号的印象,就是成为文字的印象。当印象同时感受到两个时间时,它形成的不仅仅是双倍的印象。

能够在现在和过去中体验同一事物或感受的技巧,是一种精神性产生的"假象"。普鲁斯特在感知的寻常和感知的精神世界中,利用原始的隐喻,确保浪漫主义诗学矛盾原则的融合:即主题的无差别和精神言语的本质性。作品照亮了感知。精神生活或既不在内,也不在外,它在写作中无处不在。它们是独一无二的隐喻,肩负着双重职责,它统治着秩序和混乱。隐喻将遥远的客体放在一起,让它们靠近和对话。同样,隐喻也扰乱了再现的法则。隐喻开启了《追忆》的乐章,并部署了所有主题。叙述者颂扬的是属于每个个体的独特视线。在向内在的未知领域探索时,追寻着发掘着个中诗意,而在诗性的意象背后,普鲁斯特描绘了另一画面,《追忆》的最初情节的某个时间,沉睡者短暂的苏醒,与被意识的生活相重合,在感受黑夜的同时,也向往"立刻置身于那当日的懵懂"。现实的作品和虚假的艺术在普鲁斯特这里无从区分。印象的双重标志是书写的虚构,而虚构完全在书写的过程中获得。它支配寓意展开,寓意再现现实,并产生出与事物相押韵的内在作品的隐喻。"文字的虚构"在文字的世界中,与"精神以及一切与精神相似的"世界和解。

沉默的言语

在全书的结论部分,朗西埃感叹于普鲁斯特的天才。因为普鲁斯特以怀疑的力量审慎地解决了文学的矛盾。普鲁斯特立足于文学准则的矛盾中心,追求自由的作品结构;他也致力于收集印刻着事物叠韵的象形文字。普鲁斯特执着地让"纯文学"在文学中发生转变的,完成从故事功能到隐喻功能的转移。内在生活与被书写的作品相一致,这便是书的"梦想"。书是延伸的隐喻,隐喻展开了由自身所写的书的想象特性。文学矛盾的诗学于是作为作品去完成,为作品带来逻辑,这些逻辑将文字引向精神,或是将文学引向其产生场所。隐喻的书写合并又分离了矛盾诗学。朗西埃将普鲁斯特的作品视作典范,欣赏他将虚构放置于同一部署中的能力,还有解决文学准则的矛盾并将多种力量聚合在一起的能力,以《追忆似水年华》这部大教堂式的作品成就了沉默的言语。

张新木

2014 年 6 月于南京蓝旗街

引言

从一种文学到另一种

有些问题人们没勇气再提。一位卓越的文学理论家最近指出:当今为一本书命名时不用怕被嘲笑。《什么是文学?》,这是萨特的书名,在距离今天还算遥远的时代,他没有回答书名提出的问题,这是萨特的明智之处。热奈特(Gérard Genette)说:"愚蠢的问题没有答案;同时,真正的智慧是不予回答。"①

如何正确领悟这一智慧,用何种可行的方式去领会?什么是文学,这个问题之所以愚蠢,是因为人人都知道个大概,还是反之,由于概念太过宽泛,文学永远无法成为被定义的对象?所谓"可行的"方式是否会促使我们在当下去拯救过去遗留的错误问题?而"可行的",是否又反过来嘲笑这种自以为能够拯救问

---

① Gérard Genette,《虚构与行文》(*Fiction et diction*), Éditions du Seuil, 1990,第11页。

题的天真？也许抉择并非二者取其一。而今的智慧更愿在学者寻找真相的实践中，把宣布骗局而又不被任何欺骗所蒙蔽的帕斯卡精神作为导向。这一智慧从理论上取消了空泛的观念，并基于实践的用途去修复它们。它嘲笑这类问题，但仍提供答案。归根结底，审慎的智慧让我们明白，事物只能是它们应该是的样子，而同时，我们所能做的不过是在其中加入我们的发挥。

这种智慧也会让很多问题悬而未决。首先应当了解，为什么某些观念既如此模糊又能如此深入人心，既容易具体化又能产生虚幻的观念。这里应进行一些区分。我们自以为熟知而又总是含混不明的，是两种类型的观念：一种是通俗的观念，通常情况下它们具有明确涵义，倘若孤立地看便不知所云。另一种是超越现实的观念，居于我们的经验之外，对抗一切检验和否定。"文学"显然不属于任何一种。因而有必要反省，是何种特有的属性作用于文学的观念，使得对这种观念本质的追寻显得极端或荒唐。尤其也要反省，是否这种不可靠的证明本身就出乎于预先设定——打算从人们为适应主题而产生的"一些想法"中，割裂出对事物真实特性的预设。

说文学概念并不定义任何恒定的门类属性，或者说随意将它归入个人或制度评判的门类倒是不难，就像约翰·塞尔(John Searle)所说的："是读者去决定一部作品是否归于文学。"[1]更有

---

[1] John Searle,《意义与表达》(*Sens et expression*), Éditions de Minuit, 第102页。

意义的,是去思索使无差别原则(principe d'indifférence)可以用语言进行表达的决定因素以及对某种前提条件的依赖。热奈特正好有力地回应了塞尔:例如《布列塔尼库斯》(*Britannicus*),鉴于我所体会到的愉悦或是我猜测它的读者和观众的感受,它并不属于文学。热奈特提出了区分文学性的两条原则:其一是有条件原则,它有赖于对创作的独特性质的感知;另一条是常规原则,它与创作本身的体裁相关。一个文本如果不属于任何现存的其他门类,它便"构成性地"属于文学:一首颂诗或一幕悲剧便属于这种情况,无需论及其涵义。相反,如果只有对表达的独特品质进行领会,才能使文本从它所属的功能中分门别类,文本便"条件性地"属于文学:例如回忆录或游记。

准则的运用并非不言而喻。热奈特认为,《布列塔尼库斯》归属于文学不是基于对其价值的判断,而仅仅"因为它是一幕剧"[1]。然而这种推断是想当然的。因为没有哪条准则,无论流行的或是历史的,能将"戏剧"体裁纳入"文学"体裁中。戏剧属于表演范畴,并非文学。热奈特的主张对于拉辛时代的人们来说是难以理解的。对后者而言,唯一正确的推论是《布列塔尼库斯》是一部悲剧作品,受体裁规范的支配,属于戏剧诗歌的类型,是诗歌门类的一个分支。在拉辛的时代,诗歌不属于"文学",那时的文学是知识的称谓而非艺术的。反过来,对我们而言,如果文学属

---

[1] G. Genette,前揭书,第29页。

于艺术,也不是因为它具有戏剧本质。一方面是因为拉辛的戏剧正好位于波舒哀①的《追悼词》(它属于演说)和蒙田的《随笔集》(缺乏可鉴别的本质属性)之间,在伟大作家的先贤祠中,它像是由书本和教义(而不是场景)的片段构成的一本大百科全书;另一方面,因为它们是戏剧体裁的独特典范:一种我们不会再写的戏剧,一种已消亡的形式,因此就这一点来说,作品是:作为"搬上舞台"的艺术新形式中我们所偏爱的材料。戏剧通常被认定为作品的"重读"。总之,根据浪漫主义时代在产生一种"文学"新"概念"的同时为这部作品所创造的回顾性身份来看,它属于文学,但不是作为一幕剧,而是作为"传统的"悲剧作品。

所以,很显然,并非出于我们的主观臆断就能决定《布列塔尼库斯》的"文学"属性。但这也不再是它的固定属性,例如它曾引导拉辛的创作以及那个时代的判断取向。总之《布列塔尼库斯》归属文学的理由和诗歌的归属是两回事。而这一差别并不能将我们引向妄下结论或是不可认知。论证的两种体系可以被建构,只需要为此放弃简单立场,质疑脱离思辨思考下的归属。眼下的时代更喜欢鼓吹相对主义的明智,说它征服了形而上学的诱惑,并且试着重新恢复承载了过多意义的"艺术"或"文学"的定义,它们的艺术实践和美学行为以全凭个人经验的方式去

---

① 波舒哀(Jacques Bénigne Bossuet,1627—1704),法国高级教士和历史学家,因其追悼词和历史论文而闻名。又译作博絮埃、博叙埃。——译注

下定义。这一相对主义或许昙花一现,应该让它一直走到一个相对化的位置,也就是重新位于理性系统内,才有可能看透陈述(énoncé)错综复杂的环境。艺术实践的"相对性"其实就是艺术的历史性。这一历史性永远不是简单的写作手法。历史性是表现风格方法与语言陈述方法之间的纽带。将艺术的散文实践与艺术的话语绝对化对立起来并不困难。当艺术的绝对化话语废除艺术的古老等级,将艺术的"普通实践"归入同一类别时,这一享有美誉的经验主义便忍不住去把它们对立。艺术的"普通实践"没有随意去区分话语(discour),这些话语明确表达了它们作为艺术实践的感知状态。

与其把文学之事交付给情绪或惯例支配,去验证属性和结论的某种特征的缺失,不如去思考这种推论成立的可能性本身有赖于怎样的文学概念结构。应当努力重建一种逻辑,这种逻辑能同时给文学既显而易见又不完全确定的观点。通过"文学",人们既无法理解书写作品的目录索引式的模糊思想,也无法领会给这些作品带来"文学"品质的特殊本质。这种说法使人们开始领悟书写艺术中作品可见的历史形式,通过作品的历史形式去产生区别,并最终发现使这些区别得以理论化的"话语":话语使文学创造无与伦比的本质变得神圣,也为了让它回归判断的任意性或是分类的实证准则,而又去其神圣化。①

---

① 加在文学前的阴性定冠词 la 前后的双引号意味着具体的作品,我们将在后面为读者免去引号。

为了明确问题的范围,让我们从有关文学的两种说法出发:由两位文学家在相距两个世纪之遥分别提出,并在附属于书写的艺术实践中表达了他们哲学探索的准则。在《哲学辞典》中,伏尔泰就已控诉了"文学"这个字眼的不确定性。他说,文学是"所有语言中,最为频繁出现的含糊不清的说法之一",就像精神或哲学这两个字眼一样,是可以有最多词义的单词。这一最初的谨慎却并未阻止他后来提出一个在整个欧洲,乃至在整个思想领域都适用的定义。他解释说,文学在现代派那里与古代派称为"语法"的这个词相呼应:"在整个欧洲,意味着对具有风格作品的认知,一种对历史、诗歌、雄辩术与批评的概括。"①

这里,我们还将借用当代作家莫里斯·布朗肖的一段话,他同样非常谨慎地"定义"了文学。因为文学对于布朗肖正好是转向其自身问题的无尽运动。我们不妨将下面这段话当作这一回归自身运动的表达,它构成了"文学":"一部文学作品,对于懂得深入其中的人来说,是一段沉默而丰盈的停驻、一种坚固的防御和一堵会说话的无边界的高墙;它走向我们,并让我们离开自己。如果在原始的西藏,圣迹不再被揭示,整个文学便停止讲述,是缄默带来了缺失,也许正是缄默的缺失显现出了文学言语的消亡。"②

---

① Voltaire,《哲学辞典》(*Dictionnaire phiolosophique*), Paris, 1827, 第10卷,第174页。
② Maurice Blanchot,《未来的书》(*Le Livre à venir*), Gallimard, 1959, 第267页。

伏尔泰的定义和布朗肖的语句告诉我们的,难道是一回事?前者构成了学者的状态:半专业半业余,像个行家一样谈论纯文学的作品。后者在石块、荒漠与圣物的符号象征下,乞灵于一种语言的根本经验,献祭给沉默的创作。这两个文本,好像属于两个毫无关联的世界,唯一的共同点是:他们与这个被所有人熟悉的事物(文学)之间的距离。文学作为说与写的艺术创作的交汇,按照历史时期和语言学细分,包括了《伊利亚特》或《威尼斯商人》,《摩诃婆罗多》《尼伯龙根》或《追忆似水年华》。伏尔泰跟我们谈论一种认知,它能规范地评判一些既成作品的美与不足,布朗肖探讨的是写作的可能性和不可能性的实践,作品只不过是佐证。

这两种差异并不共享同一本质,应当分别解释。在普遍定义和布朗肖的定义之间,是广义观点的普通用途与嵌入个人理论的特殊概念化之间的分歧。在伏尔泰的定义和我们的普遍用途或是布朗肖的非凡用途之间,是词语意义流变的历史事实。18 世纪,"文学"这个字眼并不是指那些产生词语意义的作品或艺术,而是判断它们的认知。

伏尔泰的定义其实属于 res litteraria 的演化,在文艺复兴和"黄金时代"(法国的 17 世纪),这个词意味着对过去创作的精深认知,这些创作曾是诗歌或数学,自然历史或修辞学[①]。17 世纪

---

① 参见 Marc Fumaroli,《雄辩的时代》(*L'Age de l'éloquence*), Albin Michel, 1994。

的文人可能会轻视高乃依或拉辛的艺术;伏尔泰则对他们的剧作表示敬意并把他们与写诗的文人进行区分:"荷马是天才,不公正的批评家是文人。高乃依是天才,宣传自己作品的记者是文人。而我们无法通过这种对文学的宽泛术语去区分诗人、演说家、史学家,尽管他们的作品或许能呈现出丰富的学识,并包含一切我们通过文学词汇所能领悟的东西。拉辛、布瓦洛、波舒哀、费纳龙,这些人更多的是创作文学而非批评,他们不能简单地被称为搞文学的人或文人。"① 于是,一方面有创作纯文学作品的力量,比如拉辛和高乃依的诗歌、费纳龙的雄辩与历史故事;另一方面是作者的认知。两种特征给了"文学"一个模糊的身份:它在博学者由来已久的认知、作品在公众面前呈现的美与专家贫乏的见解之间游移。它也在艺术规范的肯定认知和文人对于创作者的庇护和文痞的否定定性之间游移。作为文人,伏尔泰一幕接一幕地评价了高乃依的主人公的语言和行为。作为非文人,他赋予高乃依和拉辛这样的观点:演出者体会他们的快乐,并将亚里士多德的难题如何解开的担忧留给作者。

于是我们认为,伏尔泰的定义,在术语的约束下,围绕着关于纯文学作品的文学认知,证明了将文学引向其现代意义的趋向。这一定义青睐创造的才华,这种才华则赋予浪漫主义和在规则约束中突破的"文学"。因为关于才华的优越性的判断并不

---

① Voltaire,前揭书,第29页。

是对雨果时代年轻人的发掘。对雨果来说,代表着旧传统余波的"老学究"巴托①的观念早已根深蒂固:作品的存在仅仅依靠使艺术家兴奋的热情和"进入到"他所创造的事物中的能力。在浪漫主义初期,过去时代和旧诗学的典型代表,拉阿尔佩②毫不费力地解释了才华就是对规则支配下的事物本能的感受,而规则则是才华在作品中所体现的惟一编码③。因此,从纯文学到文学的过渡看起来是通过一种足够缓慢的变化,缓慢到甚至无需引起关注。巴托已不认为在"纯文学的过程"与"文学过程"之间所建立的等值是有必要的。马蒙泰尔或拉阿尔佩没有更多地关注如何解释"文学"这个词的使用和考证它的对象。后者从1787年开始在吕克昂④任教,1803年出版了《文学讲义》。在此期间,这位伏尔泰的弟子变成了革命家、山岳派⑤、热月党议员,

---

① 法国人夏尔·巴托(Charles Batteux, 1713—1780),发明了现代艺术的概念。巴托定义了"美的艺术",至此,在美学发展史上才较为明显地区分了艺术与技艺。但他过于狭窄地定义艺术的美的形式只有五种:音乐、绘画、舞蹈、雕塑和诗。——译注

② 让·弗朗索瓦·德·拉阿尔佩(Jean-François de La Harpe, 1739—1803),法国剧作家,评论家。——译注

③ 参见 Batteux,《纯文学讲义或文学准则》(Cours de Belles-Lettres ou Principes de littérature), Paris, 1861,第2—8页以及 La Harpe,《吕克昂或文学讲义》(Lycée ou Cours de littérature), Paris, 1840,第1卷,第7—15页。雨果将巴托称为"老学究"的表述出自名为"文学"的诗歌,《灵台集》(Les quatres vents de l'esprit),载《作品全集》(Oeuvres complètes), Club français du livre, 1968,第9卷,第619页。

④ 古希腊哲学家亚里士多德在雅典创办的学校。——译注

⑤ 法国大革命期间国民公会的激进派议员集团。——译注

后来还成了天主教复辟者。从《文学讲义》中便可看出一些事件和他自己不断推翻否定自己的痕迹。相反,他却没有留意到无声的变革在另一遮掩下悄然完成:在他的《文学讲义》的开头和结尾之间,(文学)这个词的意义甚至都已改变。在雨果、巴尔扎克和福楼拜的时代,那些不断重新出版马蒙泰尔和拉阿尔佩作品的人也对此疏于留意。而在新世纪的最初几年,这些书也并没有更多地描绘出文学领域的新图景。斯达尔夫人和巴朗特(Barrante),西斯蒙第(Sismondi)和施莱格尔则更加扰乱了文学领域的作品衡量准则,以及艺术、语言和社会的关系;他们从这一领域中驱散了昨日辉煌,却发现了被遗忘的大陆。但他们中没有一位认为"变革"或者是这个单词有什么可讨论的[1]。雨果在他最无视传统观念的宣言中也没有对此提及一二。作为修辞学或是文学教授的作家的追随者,在这一点上也和他们步调一致。

在伏尔泰和我们的定义之间,只不过是伴随着一种无声变革的词汇的流动。布朗肖的隐喻,则完全属于另一种,当代的实用论可以毫不费力地揭示原因。我们的文本谈论着城墙和西

---

[1] 参见 Mme de Staël,《从社会制度与文学的关系论文学》(*De la littérature considérée dans ses rapports avec les institutions sociales*),1801,以及《论德意志》(*De l'Allemagne*),1814;Sismondi,《论南欧文学》(*De la littérature du Midi de l'Europe*),1813;Barante,《论十八世纪法国文学》(*De la littérature française pendant le XVIIIe siècle*),1814;August Wilhelm Schlegel,《戏剧文学讲义》(*Cours de littérature dramatique*),1814。

藏,荒漠和圣物,愚昧和自杀的经验,"中立国"的构想,用大量其他方式呈现给我们的东西,并寻觅着它们可以探寻的源头。这些方式可以追溯到我们的伟大先驱福楼拜和马拉美的文学神圣化,回到关于虚无的著作中福楼拜的设想——文字的荒漠化;或回归圣书中马拉美的设想——写作与虚无无条件的需要在夜晚的相遇。它们表达了1800年代由激昂的德国年轻人所宣称的艺术绝对化:调停诗人的荷尔德林式的任务,"诗中之诗"的施莱格尔式的绝对化,将美学与上帝的构思共同展开的黑格尔学说的同一化,被诺瓦利斯肯定的只关心自身的语言的不及物性。最终,通过不坚定的谢林思想的调停,透过雅各布·伯麦的神智学,它们退回到否定的神学传统,将文学用于其自身不可能性的证明,就好像文学献身于说出无法言说的神圣属性[①]。布朗肖关于文学经验的思辨,他对神圣符号的参照,或是他为荒漠和围墙搭建布景之所以成为可能,在这两个世纪间,仅仅是因为诺瓦利斯的诗歌,施莱格尔兄弟的诗学,以及黑格尔与谢林的哲学都无可救药地将艺术与哲学——以及宗教和法律,物理与政治——在"绝对"的同一昏昧中顷刻间混为一谈。

---

① 为了延伸这里所总结的多种论据,我们主要参照由托多罗夫(《批评的批评:教育小说》[*Critique de la critique: un roman d'apprentissage*], Éditions du Seuil, 1984)以及谢弗(《现代艺术》[*L'Art de l'âge moderne*], Gallimard, 1992)所做的批评分析。或是依据另一种完全不同的角度:亨利·梅肖尼克(《无答案的诗:诗学五》[*Poésie sans réponse. Pour la poétique V*], Gallimard, 1978)的观点。

这些论据也许能够显示出某种判断:总的来说,论据总是将我们置于简单的结论前,人们按照趋向于人类幻觉的倾向去记住幻觉的结论,尤其是世人对发声词汇的热爱,以及形而上学者对超验观念的情有独钟,去探究为何人类或是这样那样的人,在这样或那样的时刻,"记住"这些"幻觉"也许更有些趣味。同时,甚至还应该去质疑分裂了实在与虚幻的行为和这一行为预先的假设。于是,我们只能惊讶于两个时间之间的准确重合,一个是完成了"文学"这个词义的简单流动的时刻,另一个是哲学-诗学的思辨被转化的时间——这些思辨至今仍然支撑着文学想要成为一种新颖而激进的关于思想与语言的训练的抱负,换言之是一个任务或社会职责。我们应该更明确地去探究将一个名词词义的默默滑动与能够从语言理论中区分出文学理论,以及从沉默的产物中区分出文学的训练与理论背景之间,到底是什么在穿针引线,却不是陷入而今普遍出现的偏执狂的陷阱:法国大革命者和德国空想家的同僚,他们想在18世纪最后几年和19世纪初期颠倒所有合理事件,并激起两个世纪的理论与政治的疯狂。应当看看:是什么使得从外部插入的词义、语言、艺术和文学的概念绝对化,以及相互对立的理论发生变化的沉默的变革如何成为"共可能的"①。文学,作为书写的艺术作品可见的

---

① "共可能的"(compossible)概念是莱布尼茨提出的。在他的哲学概念中,可能的世界有许多。一个世界如果与逻辑规律不矛盾,就叫"可(转下页注)

历史形态,就是这种共可能的系统。

这就是本书所要定义的对象和范畴。我们首先想分析摧毁纯文学正常系统的例词变化的性质和形态,并通过例词,去理解为何同样的变革会被忽视或是被绝对化。该书将在这一变革的特殊性中找到原因。变革没有为了其他准则的利益而改变典型的诗学准则,而是服务于诗学行为的另一种阐释。这种阐释可以将作品的存在作为作品所创造和所意味的观念去简单地重合。而反之,它尤其能够将写作行为与新观念的实现相联结,并明确指出新艺术的需求。

之后,我们还将对新例词的严密性提出质疑。摆脱束缚的"文学"有两大原则。在再现诗学的原则下,它将形式的自由与内容对立。在诗歌-虚构小说的观念下,它将诗歌的观念作为语言的自身形态与内容对立。两大原则可以兼容并存吗?诚然,这两种原则与昔日用艺术行为对言语的"摹仿"(mimesis)对立,而这种艺术就是书写的艺术。继而,形成了双重的书写概念:书写可以作为引领自身和证明自身躯体的孤独的言语;反之,也可以成为将思想记入躯体的象形文字。这两种书写的张力恰好体

(接上页注)能的"世界。关于为什么有些事物存在,而另一些同样可能的事物不存在,是因为一切不存在的东西都为存在而奋斗,但并非所有可能的东西能够存在,因为它们不都是"共可能的"。或许,A 存在是可能的,B 存在也是可能的,但 A 和 B 双方存在就不可能。在这种状况下,A 和 B 不是"共可能的"。两个或多个事物在它们全部可能存在的情况下才是"共可能的"。参见罗素《西方哲学史》下卷,商务印书馆 1976 年版,第 121 页。——译注

现了文学的矛盾。

于是我们尝试通过三位作家去展示这种张力的形式,他们的名字通常象征着文学的绝对化:福楼拜、马拉美和普鲁斯特[①]。"关于虚无的书"中福楼拜的企图,关于思想的特定写作的马拉美设想,关于小说家的炼成的普鲁斯特小说,他们让文学的矛盾毫无意义。而他们也展现了文学必要的和产生的特征。文学绝对化的绝境并不来自于使文学观念变得不可靠的矛盾。反之,绝境就在文学想要证明其严密之处出现。在考察这一悖论的理论表达形式和实践完成的方式时,也许我们可以走出相对主义与绝对主义之间的进退维谷,用一种可以借自己思想表达和借矛盾去创造作品的艺术行为,将怀疑论与相对主义出于习惯的审慎进行对照。

[①] 为何是三位法国作家:该书并无百科全书式的使命。我们无意在纯文学的形式或文学的准则中再去分析法国的特异性。仅为做出几种假说以证明参照的领域和处于同一水平的历史序列。

第一部分

从狭义诗学到广义诗学

第一章
从再现到表达

回首这面石砌的围墙和沉默的庇护，让我们先去验证：那些被布朗肖借以颂扬文学经验之纯粹而使用的，其实并非由他首创，也并不再服务于这一纯粹性的隐喻。这些隐喻同样被用于揭示该纯粹性固有的倒错。这些隐喻建构着萨特（这个贬低福楼拜和马拉美的人）的论点。萨特一再揭示福楼拜对使用已弃用的语言作诗的迷恋："从雕像唇中掉落的石语"，或是马拉美"沉默的石柱"，"在隐秘的花园中孤独地盛开"的诗句。萨特将两种文学对立起来：一种是手法变得细腻的文学，言语在其中不再作为某个主题的表达行为，而是无声的内心独白；另一种是语言充当作者与读者之间中间人的、属于言语呈现的文学："语言出现于我们开口说话时；否则语言就是死亡的，单词仅是字典中的装饰。这些无人言说的诗歌可以被喻为依据色彩搭配出的一束鲜花，或是一套宝石，它们必定是沉默的。"我们可以认为萨特是在回应布朗肖,并很自然地运用了他的措辞。然而文学的"石化"有它更为悠久的历史。萨特借政治革命的观点,揭示了言语和人类行为为石化的语言魅力所做出的牺牲。他自相矛盾地重新采用了19世纪文学或政治的传统主义者不断对文学革新者的每一次创新所提出的评判。这些传统主义者事实上是不断地将活跃的并产生影响的言语的重要性与雨果的"浪漫主义"图景、福楼拜的"现实主义"描写,或是马拉美的"象征主义"阿拉伯风格相对立。在《什么是文学?》中,萨特将诗歌词汇的不及物性,好比色彩之于绘画,与把词语用作描写和再现的文学对立起来。而将描绘的艺术与再现的艺术相对立早已是19世纪批评的主导思想。它是德·瑞穆萨(Charles de Rémusat)驳斥雨果的论据,瑞穆萨宣称:"这种文学脱离了它必须维护的目的,就不再是丰富思想的工具,……为了成为一种区别于它所要表达的任何艺术,作为一种特别的力量自成一格(sui generis 拉丁语),不再从文学中寻求它的生命、目标及荣耀。"这也是多尔维利(Barbey d'Aurevilly)①驳斥福楼拜的论据:现实主义只想要华而不实的作品,并拒绝所有证明某种事物目的的书籍。后来,布洛瓦(Léon Bloy)宣称:把"圣言作为语句祭祀的贡品"是一种"文学

---

① 巴尔贝·多尔维利(1808—1889),法国著名的保王派作家之一。多尔维利反对和蔑视资产阶级文学的"平庸",主张文学应该表现"真正的伟大"。他的主要作品有《中了魔法的女子》、《德图什骑士》、《恶魔故事》和文学评论集《作品与人》。——译注

的偶像崇拜"。为了理解这种对文学的"石化"及其变化的反复揭示,必须跨越一道由萨特竖起的简易围栏:一边是"愚蠢的人在说话","书上写下的尽是上帝的口谕"的浪漫主义时代泛神论的天真,另一边是醒悟了的唯美主义者的"后1848年革命党"的幻灭。当内在言语的力量向世人展示,或是当内在生活的力量在石块上再现之时,应当从其根源把握这类主题。

所谓从头开始,或许就是从"浪漫主义的交锋"开始。这首先并不是"隐蔽的/楼梯"和《艾那尼》中的其他跨行,也不是旧字典中收录的由雨果发明的词"弗里吉亚帽"①,这些都是导致伏尔泰或拉阿尔佩的拥护者去反对浪漫主义的东西。这是诗歌的力量与石块之语的力量之间的认同。普朗什(Gustave Planche)对比《艾那尼》更优秀的著作——象征新学院派标新立异的作品《巴黎圣母院》做了尖锐的分析:"在这部如此独特又如此畸形的作品中,人与石块被融合,并且构成一个单一而共同的个体。拱顶下的男人和墙壁上的苔藓或橡树上的地衣融为一体。在雨果笔下,石块获得生命,并仿佛服从于一切人类情感。某些瞬间闪光的想象,好似来到思想的至高境界和被智力生活所入侵的物质中。然而它们很快醒悟,物质仍停留在想象曾在的地方,而人类已然石化。雕刻在教堂侧面的蛇和蝾螈的纹章依然如故,而流淌在人类血管中的血液却一瞬间凝固;呼吸停止,眼前漆黑,

---

① Bonnet rouge,一种红色锥形尖帽,流行于法国大革命时期。——译注

行动者自上而下化为石雕,却无法将它升华。"①

这里对雨果的批评中提到的"石化"并没有恢复作家的境况,但它创建了言语(parole)的沉默。石化是一种诗学与另一种的对抗,"对抗"使得"浪漫主义的"新生事物不仅仅被纯文学的形式准则,也被它们自身的风格所打破。与两种诗学相对立的是另一不同的观点,是思想以及构成诗的材料之间的关系和这种关系发生的场所——语言(langage)。我们可以求助于诗学的古典术语:涉及到主题选择的选题(*inventio*),安排各个部分的布局(*dispositio*)和给话语带来华丽辞藻的风格(*elocutio*)。在雨果的作品中取得成功的新诗学,其特点是排列和分类这些术语。古典的"选题"是在亚里士多德的术语中去定义诗歌,把诗歌当作行为的部署,属于行动者的表现。所以应当清楚地理解,用教堂代替人类行为这一独特方法的用意。《巴黎圣母院》的确也在讲述一个故事,也有人物命运的冲突与解决;然而小说的题目却不是故事发生的地点和时间的唯一象征。作者把这些偶发事件与教堂本身所再现的另一种象征分布在小说内容中,分布在肖像或是雕塑的凹凸不平之中。雨果将人物作为石块冷漠的外形和其肉身化的意义移入剧情,于是他的句子要赋予石块生命,让

---

① Gustave Planche,"法国现代诗人和小说家——维克多·雨果"(Poètes et romanciers modernes de la France. M. Victor Hugo),《两个世界评论》(*Revue des Deux Mondes*),1838,第1卷,第757页。

石块说话和行动。也就是说,"风格"曾经服从于"选题",在赋予人物行为适合他们的特征及形式的表述同时,解脱了自身束缚,利用与诗歌新客体协调的言语的权利,取代了选题作为主人的位置。然而普朗什对我们说,语言至高无上的权力也是内在等级的倒置:它自此成为语言的"物质部分"——词语拥有发声和图像化的能力——占据了"智力部分":句法使它们服从于思想的表达和行为的逻辑顺序。

　　普朗什的分析让我们明白雨果的"石化"的赌注:"石化"是诗歌系统的倒置。它让我们重建倒置——再现的系统,就像在上世纪,由巴托、马蒙泰尔或拉阿尔佩的著作所确定的系统,或是在这个系统启发之下,伏尔泰对高乃依的评论。该再现系统所坚持的,不是一些形式的标准,而是某种灵魂,某种坚持言语与行为关系的理念。再现的诗学由四大要素组成。第一,在亚里士多德《诗学》第一章提出的虚构的要素。成为诗歌实质的不是格律对仗的使用、或多或少的音调和谐,而是一种模仿,一种行为的再现。换句话说,诗歌不能被定义为一种语言的形式。一首诗就是一个故事,它的价值或它的缺陷都属于这个故事的构思。这正是建立"诗学"概论的东西,即艺术的一般准则。如果诗歌和绘画可以相互比较,并不是因为绘画是一种语言,或绘画的色彩与诗歌的单词有相似性;而是因为二者都在讲述一个故事,这个故事为普遍的、基本的准则带来了选题和布局。"情节排列"的优先在定义寓言的同时,也建立了批评家或是译者对待作品语言形式的无拘无束,这一优先所给予的许可是从诗句到散文的转换,是用与其民族和时代的诗歌相适应的诗句将它们转化。拉阿尔佩对拉莫特(La Motte)感到愤慨,因为后者为了证明格律只不过是思想与情感交流中的障碍,用散文把《毒药》(*Mithridate*)中的第一个情节搬移。然而通常为了形成自己的风格,对初学者推荐的练习之一是用散文转化寓言诗,这种方法在 19 世纪也风行一时。它首先是将观念的可靠转变为创作诗歌的虚构。

虚构的准则还有第二种表现。它预先假设一个虚构上演和被关注的特殊的空间-时间。内容似乎显而易见。亚里士多德无需把它写出来,在纯文学的时代,它自行展开。虚构的主人公却已显示出这种分配的脆弱:堂吉诃德,在打碎皮埃尔主教的木偶时,它也拒绝了解那个特殊的空间-时间,就好像人们现在并不相信的故事,在彼时彼处,却被深信不疑。而堂吉诃德并不仅仅是已不复存在的骑士和带有疯狂想象的主人公;他也同样是那个传奇故事形式的主人公,将其身份陷于危险的虚构形式。当然,小说主人公与木偶演员之间的对峙属于一个对纯文学秩序一无所知的世界。然而,新文学将堂吉诃德作为主人公并非偶然。

第二条准则是文类性(généricité)准则。虚构不止如此,它还需要符合一种体裁。然而,规定体裁的并不是形式标准的总和,而是被再现事物的本质,是把虚构变成客体事物的本质。这也是亚里士多德在他的《诗学》第一部分所提出的准则:诗歌的类别——史诗或讽刺诗,悲剧或喜剧——都首先取决于它所再现的对象的性质。从根本上说,人们模仿的是人与行为的两种类别:伟大的和渺小的;由两种人在模仿:贵族和公众;有两种模仿方式:一种是抬高被模仿对象,另一种则是贬低。拥有贵族灵魂的模仿者选择去表现光辉行为、大人物、英雄和神,并按照我们所能赋予他们的完美形式的最高级别去再现:他们创作史诗或悲剧诗。劣等模仿者则选择去加工小人物的庸俗故事或是去谴责平庸人物的缺陷和罪恶:他们创作滑稽诗或讽刺诗。

每一个虚构属于一种体裁。体裁由被再现主题所规定。主题在等级制度中居于要位,限定了体裁的等级。被再现的主题将体裁与话语的两种根本形态相关联:歌颂或是谴责。不区分体裁等级的属性系统是不存在的。由被再现主题所限定的体裁也决定了其表现的特殊形式。

文类性准则于是导向第三条准则,我们称之为得体准则(principe de convenance)。毋宁选择去表现神而不是资产阶级,选择国王而非牧师,即选择一种相对应的虚构类型,并给人物提供适合他们性格的话语和行为,即相应的诗歌类型。得体准则完全匹配于虚构的风格服从原则。"说话人的状态与情境,标志着话语的腔调。"[①]以上这点,不仅仅是建立在最为著名的"三一

---

① Batteux,《纯文学讲义或文学准则》,前揭,第32页。

律"或是"精神发泄法"上,也基于此,法国古典时代建立了它的诗学和标准。问题不是对规则的服从,而是对得体的方式的判断。虚构的目的是讨喜。伏尔泰在这点上同意与亚里士多德一脉相承的高乃依。这正是因为虚构必须取悦于有教养的人,虚构必须遵从虚构使人信服并使人喜爱的原则,这应该就是得体准则。伏尔泰的《评高乃依》是对这一准则的谨慎实现:对人物和境况、对他们所有的行为和话语的准则实施。有缺陷从来都是因为不得体。《西奥多》的主题甚至是邪恶的,因为"在这种阴谋中,完全没有悲剧;年轻男子不愿接受别人给他安排的女人,他爱着另一个不爱他的女人;虚情假意的真实,甚至有些庸俗"。《苏雷纳》中的将军和公主们"像巴黎的资产阶级那样谈论爱情"。在《普尔喀丽亚》(*Pulchérie*)中,马尔蒂安表白爱情的诗句是"宁要老牧师,不要老军官"。至于普尔喀丽亚,则显示出"喜剧中侍女"的形象,或仅仅像个文学青年。"哪位公主会说出爱在宠爱中煎熬,在享乐中毁灭这样的话?"另外,"说一个公主是情人是不妥的"[1]。公主其实不是恋人。别在这不合情理的问题上自欺欺人。伏尔泰太了解这个世界,一位公主,先不论是情人与否,她说话要么市侩,要么就像个情人。他想告诉我们,悲剧作品的公主不一定要把爱情挂在嘴边,也不一定要像田园诗

---

[1] Voltaire,《评高乃依》(*Commentaires sur Corneille*),载《作品全集》(*The Complete Works*), Cambridge, 1975,第55卷,第465、976、964、965、731页。

的恋人那样说话,除非要把悲剧变成喜剧。同样当巴托让神以"他们真正的说话方式"说话时,他足够清醒地意识到我们的实践经验是有局限的。问题是要让他们"以神秘的姿态(完全是神的样子)去说话",让他们"就好像人们假想中与他们相应的最高级的样子"①去说话。这并不涉及地域色彩或是忠实再现,而是虚构的真实性。四种得体原则在这里相互呼应:首先是人类情感本质的普遍相似;其次是某个民族或人物性格或品德的相似,是这些优秀作家让我们认识了他们;再次是适合于我们习俗的得体和品味的和谐;最后,行为和言语与专属于某一类别的行为和性格的逻辑之间的相似。再现系统的尽善尽美并不是语法专家对规则的完善,它是才华之所长将这四种得体——天然的和历史的,伦理的和因袭传统的——合为一体,根据具体情况将它们排列为得体的整体。比如像反对职业批评家的拉辛,在《布列塔尼库斯》中得体地向我们展现了一位皇帝——尼禄,他为了窃取情人间的谈话而躲藏起来。职业批评家认为在悲剧作品中,这样的行为对一位皇帝来说并不恰当。但也正是在这里,才出现了戏剧的场景和人物,没有读过塔西佗(Tacite)的人,就不知道这种情形是尼禄王朝的忠实写照,这也是我们通过尼禄了解到的情形。

这是应当被察觉到的东西。也正是被感受到的乐趣证实了

---

① Batteux,前揭书,第42页。

得体。这也是为什么当西梅娜(Chimène)听到杀害父亲的凶手跟她谈论爱情时,拉阿尔佩为她洗脱了"反常的少女"的罪名。因为天性和反天性在戏剧中得到验证,这是对立推理(a contrario):"我再次向法兰西学院请求原谅;而对我来说,一个反常的少女无法承载戏剧,并远不能产生西梅娜所应产生的效果。这些是人们无法原谅的错误,因为对错自在人心,人们是无法体会与天性对抗的感受的。"① 也许卢梭主义的独特风格能够作为推断作者变革热情的时间证据。然而西梅娜所做的,只不过是使拉阿尔佩的导师伏尔泰给内行专家的原则得以实现,为共和主义者所用。得体原则规定了作者与其题材的关系,而观众(旁观者)——某种类型的观众——是唯一有资格衡量成功与否的人。得体能够被感受到。高乃依和拉辛能感受到,而法兰西学院或是报社的文人却感觉不到。感受不是通过对艺术准则的认知,而是通过作者和他们的人物——或更确切地说是和他们应当创造的人物之间的相似关系。这种相似性由什么组成?不是由文人、荣耀的人、口吐莲花和积极活跃的人构成,而是在于他们本身。这也假定了他们真正的观众并不是那些在看的人,而是那些行动的和通过言语行动的人。伏尔泰告诉我们,高乃依最早的观众,是孔德或雷兹,摩尔或拉莫尼翁,他们是将军、传道士和法官,他们学习高贵的讲话方式,完全不是今天意义上的观

---

① La Harpe,《文学讲义》,前揭,第 1 卷,第 476 页。

众——仅仅是一些"年轻男女"①。

得体准则同样取决于三种人物的和谐:作家、被再现的人物和参与表演的观众。剧作家的真正观众和演说家一样,是"来学习说话"的公众,因为言语是他们固有的问题——这关乎如何发出指令或使人信服,告诫或商议,教授或讨喜。在这一意义上,当伏尔泰的将军、法官、君主或主教仅仅是"一些一定数量的年轻人和妇女"时,拉阿尔佩所"聚集的人"则截然不同。西梅娜的行为和高乃依的剧本之所以相得益彰,是因为他们作为能够感受到愉悦的言语的参与者。再现的体系是"一个团体的种类,在其中,每个人根据自己的境况去扮演"②。它是一种划分等级的体系,在其中,语言要服从虚构,体裁服从主题,风格服从人物和所再现的情境。在一个整体中,主题创作的指令在关于各部分的安排及表达的相适应方面,模仿灵魂的各部分或柏拉图哲学的城邦秩序。而这种等级制度只有在作者、人物和观众的平等关系中才体现它的法则。这种关系本身被置于第四条也是最后一条准则,我称之为现实性准则,它可以被这样定义:再现结构的准则,是作为行为的言语的优先,也是言语的表现艺术的优先。正是这种优先示范性地检验了被描述的理想场景或者是由伏尔泰所虚构的剧情:律师团或布道台上的发言者,君主和将军

---

① Voltaire,《评高乃依》,前揭,第 830—831 页。
② Batteux,前揭书,第 33 页。

们在学习《熙德》的讲话艺术时,也同时给高乃依提供了用言语对人类行为进行判断的机会,它能够检验被再现的有影响力的言语力量和与人物的重要性相关的力量之间的和谐关系。

再现系统始终保持再现的行为与作为行动的言语之间的平衡。第四条准则与第一条并不矛盾。该准则显示,是虚构创造了诗歌,而不是语言的特殊形式。最后一条准则将虚构行为的表现与言语行为的展示视为同一。这里没有矛盾存在。作为一种系统的双重布局:虚构的自主,只负责表现和取悦,被悬置于另一种秩序,由另一种言语的场景营造出空间:一种"真实的"场景,在这里不是简单的由故事和对话取乐,而是引领灵魂,拯救心灵,守护纯洁,指点江山,激励民众,训话千军,抑或仅仅是在谈话中彰显不凡,使灵魂高下立现。诗歌的虚构系统依附于有效言语的理想。而有效言语的理想不仅仅给某种艺术,也给作为生存方式的艺术带来了对待人事和神圣事物的方法:修辞。诗歌言语功能的重要性也明确了演说场景的重要性。演说场景是模仿的最高级场景,同时为了这一剧情,诗歌展开了它特有的尽善尽美。这也是伏尔泰告诉我们的,并被当今研究古典修辞的史学家认可,在这个黎世留时代的法兰西回忆中:"我们的'文学'构思与印刷品和文本高度关联,而演说家和雄辩术的深远含义置于该构思领域之外:演讲的艺术,交谈的艺术,还不算行为艺术 La tacita significatio 和造型艺术(……);在 1630—1640 年间,戏剧在法国宫廷如此突飞猛进并非偶然:生活的艺术在社会中反射,说话(parler)的艺术位于普遍修辞的核心,其中,写作艺术和绘画艺术是最重要的反射体。"①而这种诗歌对言语艺术的依附是作为社会生活的艺术,并非君主政体的等级制度所固有。诗歌在革命议会时代找到了等价物。这也是见风转舵的拉阿尔佩向我们解释的:"我们从诗歌来到雄辩术:一些更严肃和更重要的东西,更严格和更发人深省的探讨取代了艺术最吸引人的想象游戏和丰富幻想(……)。从一个到另一个的逃离,我们不得不认为我们从青春的消遣来到了成熟的工作:因为诗歌是为了愉悦,而雄辩是为了处理事务(……);当教会的圣职人员在讲道台上宣讲至理名言(……);当为无辜者辩护的声音在法庭上掷地有声;当政治家在政坛上商榷人类命运;当公民在立法议会中为自由而辩(……),那么雄辩术不再仅仅是一种艺术,它是一种庄严的职责,为所有心怀敬畏的公民所用(……)。"②由传统所区分出的最杰出的风格,典雅考究的文笔,在这种雄辩的言语中占据重要位置。我们的时代,在重读伪朗吉弩斯(Pseudo-longin)③和重新解释令人赞叹的构思时,往往将这些暴风、熔岩和惊涛的隐喻与叙述和描绘的骤变结合起来。而再现系统、体裁系统和得体系统早已服从于朗吉弩斯,并已在"典雅的文笔"中找到了其至高

---

① M. Fumaroli,《雄辩的时代》,前揭,第30页。
② La Harpe,前揭书,第1卷,第198页。
③ 现代人为《论崇高》的无名作者所赋予的名字。因为长期以来,人们误以为该作品的作者是朗吉弩斯。——译注

的体现。而与之相关的荷马或柏拉图,文本中展示的将近两千句考究言语的主人公,则是德摩斯梯尼①。

虚构至上;再现的文类性,根据再现的主题被限定和分级;再现方式的得体;以行动展现言语的理想。这四条准则规定了再现系统的"共和"秩序。在这种柏拉图学派的共和中,艺术的智力部分(主题的产生)支配着物质部分(词语与图像的配合),它能像拥护共和演说家的平均主义秩序那样拥护君主政体的等级制度。由此,在19世纪,学院派老学究和彻底的共和主义者坚定地站在了一起,共同保护这一系统免受文学革新者的冲击,比如蓬萨尔(Ponsard)的名字——古代悲剧作品的极端共和主义作家,在雨果或是马拉美眼中,象征着和谐。这也是普朗什在《巴黎圣母院》的畸形诗歌面前的反应,也是他们的共同认知,这首散文诗献给石块,它只有将人类言语石化时才更通人情。这一畸形的产物象征着系统的崩溃,诗歌曾在这个系统中屹立不倒,向我们展现行动的人们,用漂亮的话语向我们解释他们的行为,与他们的状态、行为的主题以及与风雅之士的乐趣相适应。普朗什的论据代表着恐惧的核心:灵魂和身体的倒置与灵魂各部分的失衡相联系,词语的物质力量代替了思想的智力力量。然而这完全是一种被倒置的诗歌宇宙学。典型诗歌来自于服从连贯原理的故事,服从

---

① 德摩斯梯尼(Démosthène,前384—前322),古希腊最伟大的雄辩家之一。——译注

真实性原理的人物性格和服从得体原理的话语。新诗,富有表现力的诗,来自于句子和画面,句子-画面由其自身诗性的再现去创造价值,它们与诗歌表达有直接关系,就像一根石柱上雕刻的画面,是教堂建筑的协调与神圣的共同信仰的统一根源。

这种宇宙学的转向不折不扣地表现了建构描述系统的四种准则的来回颠倒。语言优先反对虚构至上;被再现的平等主题的抗同类性原则与按体裁分类原则相对立;书写的典范反对言语行为的理想。是这四种准则定义了新诗学。还需要了解结构严密的四种准则的系统倒置是否体现了一种对称的协调。让我们提前来说说:问题是要了解作为语言形态显示的诗歌与无差别原则(principe d'indifférence)是彼此并存兼容的。"文学"的历史总会成为这一可疑并存性的不断检验。回过头来说,如果文学观念能够被一些准则所神圣化、被另一些宣告毫无意义,那是因为,严格地说(stricto sensu),文学是矛盾诗学的代名词。

从这个问题的核心出发,也许就来到了文类性准则的毁灭。这一提法确实引发讨论:在施莱格尔兄弟的伟大志向中,就有重建已经废弃的体裁系统的野心。而今不只一位理论家认为我们也同样拥有我们的体裁,只是和古典时代不同。[1] 我们不再创作悲剧、史诗或田园体,但我们有长篇小说和短篇小说、报道和

---

[1] 参见 J. M. Schaeffer,《什么是文学体裁?》(Qu'est-ce qu'un genre littéraire?),Éditions du Seuil, 1989。

评论。我们也清醒地意识到这些差异,是什么让这些差异成为问题,让施莱格尔兄弟的构想变为空想。这是一种体裁,却不是其主题所支配的体裁,《巴黎圣母院》便是长篇小说。但这里涉及一种错误体裁,不属于同一类的体裁,自它古老的诞生之时不断地游荡,从圣殿和奢华王宫到商人的宅邸,赌场或是妓院,或是在它们的现代外形下,不断地被借用给贵族的战绩和爱情,学徒或是妓女,喜剧演员或资产阶级的苦难。小说的体裁就是无体裁:人们想要模仿的不是像喜剧那样的通俗种类,因为喜剧使形式的类型和表达的方式适用于与它们相匹配的通用主题。小说,完全缺乏与之相适应的准则。这也同样说明它缺乏一种确定的功能性本质。我们看到,虚构固有的剧情所创造的先决条件标出了断裂,造就了堂吉诃德的"疯狂"。这也正是福楼拜在"公理"的等级中所建造的无体裁的无政府状态,表达"纯粹的艺术观点",以此表明没有所谓"好的或坏的主题",甚至"没有任何主题,风格仅对它本身而言是一种看到事物的绝对手段"。[①] 当然,也许"伊沃托赢得伊斯坦布尔海峡",也许一个诺曼底农村姑娘的情人们同时也觊觎与迦太基公主[②]同样形式的爱,由此可

---

① Flaubett,给路易丝·科莱的信,1852 年 1 月 16 日,《书信集》(*Correspondance*),Gallimard,1980,第 2 卷,第 31 页。

② 此处应是指福楼拜小说《萨朗波》中的女主人公:北非国家迦太基统帅的女儿萨朗波。该小说描写了古代非洲奴隶国家的起义,以及军队首领与迦太基姑娘萨朗波的爱情。——译注

见,没有任何一种特殊而富有表现力的方式能与另一种相适应。到这一步,风格不再是它曾经的样子:表达方式的选择适用于在不同情境下的不同人物,而华丽辞藻的选择专属于体裁。这甚至也成了艺术的原则。

仍然还需追根究底。迟钝的"信念"(doxa)在这里看到了作家个人精湛技巧的独特表现,它时而用文学改变卑微的材料,时而用微小的材料更显纯粹,用高雅取代再现的层次,用典雅的文笔最终成为艺术的新教士。围墙、沙漠以及神圣的事物并没有放任这样的愿景。"风格"与作品功能的统一,并不是唯美主义者的观点,而是形式与诗学材料变化的复杂进程的结果。这种"统一"冒着模糊"风格"痕迹的代价,假设了一个诗歌、石块、人民和书写之间超过百年的相遇的历史。通过这段漫长历史,这一理念最终根深蒂固,即拒绝确定任何再现的诗学:诗歌是语言的一种形式,它的核心是语言的本质。而也是这段历史,显示出新诗学系统的内部矛盾,同时也意味着文学就是由无止境的矛盾规则构成。

第二章

从石块之书到生命之书

在神圣的城墙与荒漠之前,就有了教堂。在福楼拜的"关于虚无的书"(livre sur rien)之前,也为了让这个构想显得并不异想天开,就有了雨果畸形的"石块之书"。当然,普朗什的文章是"富有隐喻的"。雨果建构了教堂小说,但并非以石块为原材料,而是词语。隐喻不仅仅是以一种虚构的方式,去说明雨果的作品使行为依赖于描写,话语取决于图像,句法依附于词语。隐喻通过论战的形式,认可了从一些艺术到另一些转换的新准则。隐喻提醒我们,诗歌是两种事物:它既是一种特殊艺术,也是各种艺术系统的相容原则,以及艺术形式间可调换的规则。

再现诗学通过双重准则统一了艺术系统。第一条准则是"诗如画"(ut pictura poesis)①中所谈到的拟态同一。即绘画与

---

① "诗如画"的观念见于贺拉斯对"ut pictura poesis"之说的解(转下页注)

诗歌之间可以相互转换,同样,音乐与舞蹈也理应如此,以配得上艺术之名。或许被巴托所推崇的这条准则很快就表现出局限性。狄德罗以切身体验发现了绘画场景与戏剧场景之间转换的局限。伯克(Burke)曾指出英国诗人弥尔顿(Milton)的"画面"力量自相矛盾地取决于画面中我们所看不到的东西。莱辛(Lessing)的《拉奥孔》(*Laocoon*)宣告了这一准则的破灭:雕塑家能用石块塑造出维吉尔(Virgile)的主人公的面容,却无法转换维吉尔的诗歌,除非将其可怖之处转换成怪诞的图案。然而不同艺术的可转换准则并未覆灭。只需要将模仿的多种形式中或然的重合,等量转换为相应的表达方式。

第二条准则是有机的严密结构示范。作品,无论是材料还是模仿的形式,都是"有生命的物体"(un beau vivant)为实现唯一目的,各个部分紧密构成的整体。作品将生活的动力与建筑学比例的严谨融会贯通。这种匀称的比例和有机单位的理想化统一曾一度被伯克的批评所诟病。但没有一种诗学可以缺少艺术的可转换观念,新诗学也必然会努力重新思考这种可转换性:有代表性的虚构范例不再以使其他艺术折服为目的,相反,其目

(接上页注)释。但也有西方学者认为,这一解释可以追溯到公元前 5 世纪的古希腊诗人西蒙尼德。贺拉斯关于诗与画的讨论,强调诗与画在一点上的相似,即:有些作品近看比远观更有效果,并以此说明诗的多样性,而不是要求文学作品去追求绘画的意境。该讨论涉及到诗与画的相似性,也试图以空间的形象去思考诗的问题。——译注

的是借给其他艺术一种诗性的替代准则,一种从再现的示范中拯救文学特性的独有准则。马拉美与普鲁斯特典范地阐释了这种独特的方法,即尝试通过诗歌窃取音乐、绘画或舞蹈的方法,作为与文学"和解"的可被接受的形式,并以此重新创立诗学的特权,即便是方法本身为这些艺术提供了这样的准则:埃尔斯蒂尔(Elstir)绘画的"隐喻"或是凡德伊(Vinteuil)的奏鸣曲的"对话"。不管怎样,这些复杂手法的准则是明确的:对艺术之对应的思考,不是对待同一个故事的各种手法间的等价,而是语言的不同形式间的类比。如果普朗什转向雨果那块会说话的石头的隐喻,也是因为这不只是一个隐喻,或者说这个隐喻不只是正好用于装饰言语的"形象",它是语言的类比,甚至是诗性的准则。

作为革新者的雨果的小说和他因循守旧的批评话语,在此基础上具有同时存在的可能:二者都必须以不朽的著作和石块的诗句类比为前提,作为语言的两种作品的类比。大教堂在这里并不是一个建筑的示范,它是手抄本的范本。这说明两个问题。如果作品是一座大教堂,从第一层意义上来说,是因为它并非由模仿准则所支配的艺术建筑。像教堂一样,新小说不与自身以外的任何事物相比较,它没有因某个主题而退回到任何再现的得体系统。它在词语材料中,筑起一座建筑,只需要去衡量建筑的比例规模及外形的宏大。建筑的隐喻可以转换为语言的隐喻,目的是去传达作品首先是创造的单一力量的实现。隐喻就像是一种在公共语言材料中被雕琢的特殊语言。《两个世界评论》的另一位编辑曾说:"雨果先生所书写的纸张,瑕不掩瑜,只有他才能让这些纸张成为它们应有的样子。它们时而是一种如此有力的思想,隐藏于语句的思想让句段闪闪发亮;时而是一幅秀丽的图画,是画家无法用诗人的理解去描绘的图景;它时而又是一种如此陌生的语言,为了书写这种语言,作者要借用原始土语中未知的文字,而字母表中字母的相同组合都有着无法被另一组合代替的力量。"① 词语构建的教堂是独一无二的作品,复兴着一种天才的力量,超越了天才的传统使命,正如巴托曾对此进行的分析:"好好观察"(bien voir)被再现的对象。它已是一本"关于虚无的书",署着这样一位个体的名字。② 然而在表达天才个体的独特力量时,无可比拟的书本恰似只是在表达这些创造者隐姓埋名的独特力量,拥有平凡灵魂的独一无二的天才和石砌的教堂。创造者敏锐的才华被看作隐匿的才华,创作了集体的诗歌,就像教堂的集体祷告。诗人用词语的教堂,能够建造石砌的教堂小说,因为教堂本身已是一本书。这是旅行者雨果,在夜晚的科隆教堂门楣中发现并记录下来的文字:"一道光闪现在邻近的窗户,在隆起的一排精致的小坐像下面,瞬间发光,天使和圣人诵读着膝上一本摊开的书,或是相互交谈,伸指

---

① C. D.,"维克多·雨果的《巴黎圣母院》"(*Notre-Dame de Paris*, par M. Victor Hugo),《两个世界评论》,1831,第 1 卷,第 188 页。

② "我希望,人们只是将作者的名字印在书本的封面上。"(Emiles Deschamps,"M. de Balzac",《两个世界评论》,1831,第 9 卷,第 314—315 页)

布道。一些人在讲授,另一些人悉心听取。为教堂撰写多么令人赞美的序言,也比不上大理石、青铜和石块构成的圣言。"①

诗歌的原始力量被借用于公共力量,诗歌也由此找到了本源。教堂是石质的诗歌,是建筑作品和个人信仰的同一,是这一信仰内容的物质化:圣言化身的力量。正如"诗如画"中所描述的,历史的统一准则,与作为每一种语言之用语的圣言的统一准则相对立,因为语言最初汇集了每种特殊语言的化身的力量。诗人单一的土语的价值仅体现在表达圣言的公共力量,正如教堂使其形象化,言语的神圣力量变成个人的集体精神;言语在石块中被遗忘,如果一句诗意的言语在词语构成的诗歌中表达早已铭刻在石块上的诗性-宗教的力量,那时言语便将石块托付给了无所顾忌的工匠或是拆除者。在石砌的门楣上雕刻着生命之书,在它的读者与布道者之间,教堂作为刻在石块上的圣书或圣言,是教堂建造者的信仰:赋予被雕刻形象生命,就像灵与肉的形象之于小说。词语与石块对应着书本和教堂,呈现为一个循环的圆,这个圆模仿的是戏剧诗人与言语行为的广域相联系的循环。这个圆不再是演说家的言语-行为的循环,它是书写的循环。石块雕刻的圣人或天使更愿意认同是圣言的力量为它们创造了肉身,而不是宗教演说家。若以劝诫信众的俗世演说家与

---

① Victor Hugo,《莱茵河游记》(*Le Rhin*),载《雨果全集》(*Oeuvres complètes*),Club français du livre, 1968,第6卷,第253页。

石块诗歌的创作者相对比,后者更好地用言语表达着群居着的人类力量。有说服力的言语自此便成了沉默的言语,它并不是在词语构成的语言中言说;是使词语发声却不是劝导或蛊惑的言论工具,是作为圣言的力量象征,是圣言借此力量而鲜活的象征。言语的圆将诗人的作品和门楣上的经文相连接,并将门楣上的经文与使建造者获得灵感的生命之书相连接,言语的圆环绕着富于戏剧性的画面。而以上,是有生命的言语的同义词,它取代了另一个词:文字书写的同义词。这个词支配着诗歌,使诗歌告别为虚构的用途所定义的纯文学类别,它从此为语言所用,在散文无类别的类别中证明小说的存在。雨果的散文富有诗意,是因为它再现的不是教堂门楣上雕刻的画面,而是这一场景所要表达的——即同时揭示和象征的——它的沉默所要说出的话:石块成为圣言和圣言构成石块,和而不同。

要充分理解将诗歌与石块相等同的方法并推断出结论,应当将其中所掩盖的多重关系梳理开来:小说与生命之书之间;生命之书与诗歌之间;诗歌、人与石块之间的关系。让我们从源头开始,即从以诗歌的名义将小说类别与宗教文本连结起来的明显悖论开始。1669 年,皮埃尔-丹尼尔·胡埃(Pierre Daniel Huet)出版了他的论著《论小说之源》(*De l'origine des romans*)。胡埃属于我们所谓的"文人",即伏尔泰所说的"文人"类型,相对于悲剧作品的新颖,他更迷恋和朋友梅纳治(Ménage)相互往来的拉丁诗句。他只是更具深意地看待写作,作为一个参与者,关心无小说规则的文学,并默默地与拉法耶特夫人(Mme de Lafayette)合作,为后者的《蒙庞西埃王妃》(*La Princesse de Montpensier*)附赠了和他自己的书同样长的序言。他也更多地关注被小说不屑的类别与诗歌的传统和圣书之间的关系,而他后来也成为神甫。

乍看起来,胡埃的意图被归纳为诗歌领域的放大,小说的次要类别被纳入其中。此外,他也以一句在《诗学》中找不到,但一定符合他的理论的"亚里士多德格言"为依据:"因创造虚构所成为的诗人要比写诗句的诗人更符诗人之名。""摹仿"的概念悄悄地被更为宽泛的概念代替,即虚构的概念。然而正是围绕这种在摹仿领域扩大的联姻的取而代之,开始颠覆了虚构的准则本身。因为"虚构"同时是两种事物:它是形象的和模糊的感知,是未开化的西方人创造出的他们无法分辨的真实。而它同时也是技巧(寓言,画面或声音的游戏)的集合,是考究的东方人为传播真理,隐藏应当被遮蔽的和修饰应当被传播的而创造出的事物。虚构的范畴于是成为无法感知的真理可被感知的体现。这一体现的形式便是艺术,通过艺术,智者用寓言来修饰,或是用象形文字去隐匿神学与科学的准则,该形式同时也是那些"在创造中拥有诗性的和丰富的灵魂"的人们的天然形态,他们只谈论表象,只通过寓言去自圆其说。正是通过这种手段,荷马和希罗多德(Hérodote)教诲希腊人,而毕达哥拉斯和柏拉图改编了他们的哲学,又经伊索翻译成民间寓言,阿拉伯人再重振伊索寓言,并将它传承成为《古兰经》。它同样也是古波斯人——情人之间"讨喜地欺骗艺术"的方法,依旧被伊斯法罕①大广场的街头艺人演绎。它同样也是中国寓言故事或是印度的哲理寓言。这种东方手法,最终成为一种神圣书写的方法本身,"绝对神秘,寓于警喻,高深莫测"。圣诗,谚语,《传道书》以及《约伯书》都是"诗意的著作,充满象征的画面,在我们的书写中显得大胆而强烈,而在这些民族的书写中却平凡而寻常;《圣经·旧约》中的雅歌是"牧歌形式的一出喜剧,丈夫和妻子炽烈的感情以一种如此温柔、如此感人的方法被表达,以至于我们被深深吸引,就好像这些表达和图像与我们的神灵有更多一丝关联"。②

自圣奥古斯丁(Saint Augustin)的《论基督教教义》(*De doctrina christiana*)起,宗教文本从形式上使用类似于世俗诗歌的比喻被认可,伊拉斯谟(Erasme)极力将其恢复。我们看到,他所走过的路是:宗教文字完全被这位教士轻而易举地带回,不仅仅是引向诗人的比喻,同时也带给人们虚构的神灵。圣经是一首诗,一首不仅仅表现虚构的人类神灵的诗,同时也是一个高高在上的人特有的神性。在同样虚构的观念之下,出现了先知的形象,所罗门的神秘莫测,耶稣的寓言,《圣经》中的诗篇或奥古斯丁字

---

① 波斯王阿巴斯大帝的都城。——译注
② Pierre-Daniel Huet,《论小说之源》(*Traité de l'origine des romans*), repr., Genève, Slatkine, 1970, 第28—29页。

斟句酌的协调,哲罗姆的东方宫廷,犹太教法典编撰者的注解以及圣保罗(Saint Paul)喻示性的解释。寓言,隐喻,韵脚和注解都是虚构影响下的不同形式,也就是真理的形象化表现。它们共同构成同一个形象的语言,在这一语言中,它们沉溺于选题、布局以及风格的范畴。借助于这些范畴,成就了博大精深的"文学"。小说与圣经以诗歌理论的名义相通,诗歌理论实际上就是一种讽喻,一种真理的形象化语言。

虚构的观念就这样与其对立面共存:诗歌旧的戏剧理念以及赋予它讽喻特性本质的新理念。维柯在1725年的《新科学》中,打破了这一和解状态,并宣告自亚里士多德到斯卡利杰(Scaliger)的关于"诗歌之源"的所有言论颠覆。胡埃的"亚里士多德式"的方法说:诗人是通过使用虚构,而非通过语言的确定形式而成为诗人。然而诗人所使用的虚构的观念事实上破坏了这种对立:虚构与形象相互统一。于是维柯在整个概论中,提出了这种倒置:虚构是形象,它是说话的方式。然而形象本身不再是一种艺术的产物,一种服务于修辞学说服或是以诗歌乐趣为目的的语言技巧。虚构是语言的形态,与语言自身发展的某种状态相一致。这种语言的发展阶段也是思想的发展阶段。语言的形象化形态是事物自生感知的表达,这种表达不再区别自身和形象,概念和图像,事物和我们的感知。诗歌,不是某个人物的 Tekhné(古希腊语:创造),它不产生艺术家,为了给另一个同样熟练讲话艺术的、被称之为观众的人带来享受,而创造一种相当真实的虚构。它是一种语言,说出事物"本身的样子",说给那个初次感受语言和思想的人,就好像他看到了并讲述着,就好像他不得不看也无法不说。它是一种言语和一种思想,一种知与无知的必要组合。这种在诗意思考中的变革,正是同性近义词叠用下令人眩晕的关联所概括的,它开启了《诗歌的逻辑》(*Logique poétique*)的篇章:"逻辑来自 λόγος。这个词的最初意思,即它的本意是寓言(fable,后成为意大利语的 favella,语言,话语);寓言,在希腊语中,说 μῦθος,即拉丁语中 mutus 一词的来源;事实上在沉默的时代,话语即智力(mental),同样 λόγος 意味着思想和言语"。①

让我们沿着语式特征的秩序继续探讨。虚构——或者说与虚构同源的形象——是孩童的方法。在还不会说话时,用自己的构想描绘世界的样子:他仰望天空,并选好一个像他一样,用肢体语言说话的朱庇特,说着他的心愿并用雷声和闪电去表达。修辞与诗歌艺术的原始形象便是人们选定事物的行为。被创造的虚构,如果赋予描绘它们存在的价值便是虚假的,而如果在它们自身形象中表达其境况便是真实的虚构。修辞学是神话学,神话学是人类学。虚构的存在是想象的普遍概念,它代替了那些人类还没有能力去抽象化的普遍观念。寓言是

---

① Vico,《新科学》(*Principes d'une science nouvelle*), J. Michelet 译, Armand Colin, 1963, 第 124—125 页。

言语与思想的共同产物。寓言是思想的最初阶段,这样它就可以在肢体语言和嘈杂的声音中,在仍然保持沉默的言语中被表达。这些概括为虚构力量的想象的普遍概念,我们可以精确地将它们与聋哑人的语言相比较。聋哑人其实在用两种方法讲话:通过比划他们想要表达的相似的姿势,以及通过呜呜的声音徒劳地极力模仿语言的发音。从第一种语言中,通过图像传达出诗歌的比喻和对照:比喻并不是作家的发明,而是"所有民族在他们的诗歌时代用于表达思想的必要形式"。从第二种语言中产生歌曲和诗句,它们早于散文:人类"用歌唱创造出他们最早的语言"。①

因此,诗歌的原始力量等同于一种思想和语言早期的无能为力:完全不懂得抽象化的思想和无法表述的语言。诗歌是这些被神化了的事物的产物,人们在这些事物的形象中有意无意地展现着思想和言语的能力。但这种关于虚假神灵的"认知"是诗歌和人类的最初智慧,它是真正的神旨,通过这种方法使人们对自身产生意识。这种认知不是抽象的认知,它是一个人的历史意识,在其自身的建构与作品中传达。"诗人"也是平民的神学家和缔造者。神旨通过"象形文字"向人们表达意义,并给予他们对自身的认知,而这些象形文字并不是谜一般的符号,掌握着隐秘的智慧,并从中产生大量阐释和幻想。它们是仪式的祭

---

① Vico,《新科学》,前揭,第 131 及 55 页。

台和预言家的魔杖;是烛台和骨灰瓮;农夫的犁,誊写人的羊皮纸,船上的舵;战士的剑和正义的天平。它们是器具(organon)和符号,是平常生活的组成和痕迹。

我们知道,诗歌不是维柯的对象。即使他曾忧心于寻找"真正的荷马",也并不是为了创立一种诗学,而是为了调解一次与基督教一样久远的论战,为了要有力地驳斥异教曾经在荷马的寓言中找到的论据——在古埃及的象形文字中,隐藏着的古老而令人赞叹的智慧。他用诗歌语言的双重基础理论,去对立一种激进论点:诗歌只不过是童年的语言,通过图像-肢体,从原始的沉默走向清晰的言语的人类语言。然而这种诗学语言双重性的表象的反斥其实就会导向其激进化。诗歌"沉默"的言语同时也是一种形式,在该形式下真相昭然若揭,人类如饮醍醐。在驳斥诗歌的寓意特征时,维柯肯定了它的象征性语言身份,这种语言更多的不在于所说出的内容,而是用没有说出的东西去表达,透过自身潜能的表达去言说。于是,诗的成功与言语的缺席相等同,即与一种真相的感受表达相等同,也同样意味着与群体通过作品对自我的表达相等同。这种意识居于诗学词汇的语言内,就像铭刻在农业的工具、权力的机构、公平的象征中。一方面,诗歌不过是一种社会诗性的特别表现,在作品与建构的形式下,真理委身于集体意识的方法的特殊表现。另一方面,它又是因这一真相的精深才智而享有特权的工具。它是社会之诗的一块碎片,是其诗性的宗教经典解释,用沉默-言说的作品之真相自我预测的方法,作为图像和石块去言说,作为它所要拯救的物质去言说。

于是正是对"真正的荷马"的追寻带来了纯文学的整个体系的变革。在一个世纪之后,基内(Quinet)总结道,荷马的历史决定论问题的解决"甚至改变了艺术的基础"。维柯在将荷马作为"古希腊的声音,圣言的回声,不属于任何人的人群的声音"①时,改变了诗歌的地位。诗歌从此不再是诗的生产活动。它是诗歌对象的品质。诗由诗性所定义。诗性是一种语言状态,是思想和语言互为表象(entre-apparence)的特殊形态,是此诗知与不知,彼诗道与未道的事物之间的关系。诗是从属于语言的原始本质——即大施莱格尔(Auguste Schlegel)所谓的"全人类的诗歌"②的诗性的表达。

反之亦然。人们根据这种定义诗的语言的自身差异,即语言的原始状态,去唤起被感受到的可被感知的一切对象的诗性。诗性就是这样一种特性,通过它,任何对象都可以具有双重性,不仅仅是作为属性的一致,也是作为其本质的表现被捕捉;不仅仅作为某些缘由的结果,而是作为产生诗性力量的隐喻或换喻。

---

① Edgar Quinet,《德国与意大利》(*Allemagne et Italie*),1839,第 2 卷,第 98 页。

② A. W. Schlegel,《关于艺术与文学的讲义》(*Leçon sur l'art et la littérature*),载 Philppe Lacoue-Labarthe 和 Jean-Luc Nancy,《文学的绝对》(*L'Absolu littéraire*),Éditions du Seuil, 1980,第 349 页。

这种从一种因果关系体系到表达性体系的过渡可以用诺瓦利斯(Novalis)看起来平凡的句子概括:"孩子是一种可见的爱",它可以推而广之为:某个原因的结果是使原因中的力量变得可见的符号。从"历史"的因果诗学到语言富于表现力的诗学的过渡,这种迁移是相当谨慎的。可感知特性的整个轮廓也就可以与符号的排列进行比较,并与语言以其原始的诗歌状态的表现进行对比。这种拆分可以应用于所有对象的产生。"因为每一种事物首先呈现的是它自身,即由外而内地显示,由表象显示其本质(表象也是它本身的象征);然后事物用与它有最紧密联系的、对其产生影响的对象去呈现;最终它成为天地万物的镜子"。①

任何石块都可以成为语言:雨果向我们讲述的被雕刻的天使,汇集了在圣言力量以及集体信仰的力量召唤下,工匠的痕迹;同时乔佛瓦(Jouffroy)也向我们谈起了石子:也许石子并未给我们说出太多有价值的内容,因为它几乎没有突出的特征,但它的形态和颜色就已是被书写的符号,难以辨认,可它就是存在,即使我们不去雕刻它或者不在词语的结晶中提及它。② 这种内在于一切客体的语言的力量,可以用神秘的方法阐释,就像

---

① A. W. Schlegel,《关于艺术与文学的讲义》,载 Philppe Lacoue-Labarthe 和 Jean-Luc Nancy,《文学的绝对》,前揭,第 345 页。
② 参见 Joffroy:"石子并未给我们说出太多有价值的内容,因为它几乎没有突出的特征;这个词潦草几笔,难以辨认。"《美学讲义》(*Cours d'esthétique*), Paris, 1845,第 220 页。

年轻的哲学家或是德国诗人争先恐后地重复康德关于自然的句子:"用密码语言作诗";或像诺瓦利斯那样,将对材料的研究与过去的"启示(或特征)的技巧"(science des signatures)①相对比。但我们也同样可以将它(语言的力量)合理化,使其成为沉默的事物所承载的人类行为的证明。这样,就在从米什莱(Michelet)的"抒情诗"到年鉴学派(*Annales*)历史学家朴素的科学的转变中,形成了一种建立在"无声论据"(témoins muets)辨读基础上的历史科学的新观念。这些不同阐释的共同准则是:诗性不仅无法再实现任何统一的一致准则,也无法再定义任何形式或特殊物质。诗性是石块作为词语的语言,是史诗作为小说的散文,是作品作为习俗的言说。诗人从此是那些说出事物诗性的人。他有可能是荷马风格的诗人,正如黑格尔所构思的,以共同生活的方式表达诗性。他也有可能是普鲁斯特式的小说家,解读着从他自身所记忆的书本中的象形文字,从刀叉发出的声响勾勒出一整个世界,在事物叠韵的风格循环中寻找脉络。②

---

① "并非只有人说话。宇宙也说话。万物皆说话。无限的语言。启示的技巧。" Novalis,《断片集》(*Fragments*),Aubier,1973,第155页。

② 这一事物的叠韵是普鲁斯特谈到顽童们放进维福纳河里用来装鱼的玻璃瓶时所提及的主题,"我不知道到底河水是容器里的'内容',抑或凝固的清水做成了四壁透明的'容器'"(笔记4摘写,《普鲁斯特笔记》[*Cahiers Marcel Proust*],n°7,Gallimard,1975,第165页。参见《在斯万家那边》[*Du côté de chez Swann*],《追忆似水年华》[*A la recherche du temps perdu*],Gallimard,1954,第1卷,第168页)。

这是语言自我距离的表达,也是万物能够成为语言的双重性的表达,这种语言从此定义了诗歌的神性,作为有意识和无意识的联合,正如同个体和匿名的联合。是应当从这里出发,去审视和界定文学领域的观念以及对立。

第三章

生命之书与社会表达

文体风格(elocutio)的优先将引发风格的绝对特征理论,以及在今天用于指出现代文学语言特性的观念——语言的"不及物",或"自己本身具有目的"(autotélique)。让我们从这一风格优先谈起。文学特殊性的拥护者或是其乌托邦的揭示者,往往会参考德国浪漫主义,尤其是诺瓦利斯的说法:"人们持这一看法是个令人惊讶的可笑错误,这些人依据外物去言说。语言的特性,即语言在乎的仅仅是它自身,所有人对此熟视无睹。"①应当正视,语言的"自身目的"(autotélisme)绝对不是任何形式主义(formalisme)。如果说语言只关心自身,并不是因为它是一个"自足的"(autosuffisant)游戏,而是因为它本身就已是社会经验和认知文本,因为它先于我们说出了这一经验。"它像数学公

---

① Novalis,《断片集》,前揭,第70页(译文有改动)。

式那样成为语言(……);公式在它们内部进行运算,除了卓越的原始本质,它们不再表达任何东西,也因此,它们是如此富于表现力,同样因此,它们从自身之中反映出事物之间相联系的单一规则。"[1]数学符号的抽象(概念)摒弃了再现的相似。但也是为了亲身去捕捉语言-反射(langage-miroir)的特征,而在它们的内部运算中演算事物间关系的内在规则。语言并不反射事物,因为它表达的是事物之间的关系。但这一表达本身是按照另一种相似的样子去构思的。如果说语言的功能不是根据相似的准则去再现思想观点、境况、物或人,是因为语言在其自身中,已然显现了它所说出内容的特征及规律。它不用通过复制去营造事物的相似,因为它将相似转化为记忆。语言不是联络工具,因为它已是群体的反射镜。语言由物质性构成,而物质性是自身精神的体现,是将来构成世界的精神的物质性。这一"将来"本身,被一分为二、显示其性质、历史以及目的的有形的实在方法所证明。

于是我们无法把诺瓦利斯的说法当作对语言不及物性的证实去理解,而这一不及物性是与交际的(communicationnelle)及物性相对立的。对立本身当然是意识形态的赝象。任何交际其实都使用着隶属于不同意义形态的符号:一言不发的符号,在信息前隐匿的符号,拥有示意或象征功能的符号。诗学的"交际"

---

[1] Novalis,《断片集》,前揭,第70页(译文有改动)。

通常基于对这些体制间差异系统的运用。从再现的诗学到表达的诗学的过渡动摇了这些关联之间的等级秩序。针对合格的听众,等级秩序将论证和举例的语言工具与象征有生命的躯体之语言相对立,后者也就是在自身中同时去显示和隐藏它所说的内容的表达,表达的语言显示的更多的不是这样或那样被限定的事物,而是作为社会和群体力量的原始性质甚至是语言的历史。语言于是没有被退回到自身的孤立(solitude)中。并不存在语言的孤立。语言可以被放置在两条特定的轴线上:信息的横轴传播给特定的读者,让他们看到客体;而在纵轴上,语言首先通过表现其自身的来源去言说,在其特有的深度中阐述沉积的力量。于是诺瓦利斯"独白的"(monologique)方式和纯诗神秘的典型,以及经济学家西斯蒙第[1]理性的思考三者之间并无矛盾。它们找到了一类人诗歌生命的源头:在那里"不为写作而写作,不为说话而说话"。[2] 这些矛盾表象的论题之关联并非通过从诺瓦利斯到施莱格尔兄弟,从大施莱格尔到西斯蒙第所处的斯达尔夫人(Mme Staël)的圈子作为唯一纽带,而是通过语言和所说出内容相照应的共同观念进行连接。语言只有当这个世界的规则在它身上被映照时才有自足的能力。

---

[1] 西斯蒙第(Sismondi, 1773—1842),瑞士历史学家、经济学家、法国古典经济学的完成者,也是经济浪漫主义的创始人。——译注

[2] Sismondi,《论南欧文学》(*De la littérature du Midi de l'Europe*), Paris, 1819,第2页。

这个世界本身能够承载不同的形象、或多或少的神秘或理性的状态。对诺瓦利斯来说,这世界是受斯维登堡(Swedenborg)启发的"意义的内在世界",是他者的真实,是教化(Bildung)①的进程有朝一日会和经验论的真实相一致的精神的真实。但另一个斯维登堡主义者巴尔扎克曾将这个意义的内在世界与社会的解剖学划上等号。自此,语言说出的首先是自己的来源。但这一来源会像精神世界的准则一样,同样可以用于历史和社会的准则。依照诗歌的本质与社会的内在准则相同一原则,诗歌的本质与语言的本质也相通。文学是"社会的",它是一个社会的表达,只专注于自身,即以文字属于一种社会的方式去表达。因为诗歌没有自己的规则,它是自主的,是一个没有诗性表现界限的领域。因此乔佛瓦能够说:文学"不仅仅是一种艺术,而且是艺术的翻译"。② 艺术"诗意"的翻译,先前是再现的同一行为之不同形态的等同。从此却摇身一变,成了"语言"的翻译。每种艺术都是一种特殊的语言,一种连结声音、符号与形式所表达意义的特有方式。而同样,特殊的诗学是语言间翻译准则的特殊版本。像"浪漫主义"、"现实主义"或"象征主义"这样的"学派",习惯于将"浪漫主义的"时期割裂,而它们其实是由

---

① Bildung,教化。伽达默尔的人文主义四概念之一,出现在《真理与方法》中,该概念起源于中世纪的神秘主义。——译注
② Jouffroy,《美学讲义》,前揭,第199页。

同一准则所规定的。如果这些学派之间有差别,也仅仅是因为它们进行这一翻译的出发点不同。左拉将它诗意化为:奥克塔夫·穆雷①(Octave Mouret)的商店橱窗里,布料的瀑布是一首充满诗意的诗。它是一首双重存在的诗,马克思所谓的商品就是这种"超感觉-感知存在"(être sensible-suprasensible)。小说更多地是献给这种超感觉存在,而非黛妮丝②平庸的苦难。"现实主义者"或"自然主义者"冗长的描绘丝毫没有体现通讯文学的准则或是语言的报道性用途,同样也没有"现实的效应"经过苦心思虑后的策略。它实现的是万物的言语双重诗性。③《妇女乐园》为我们展现了一个"意义的内在世界",与波德莱尔的"双室"(double chambre),马拉美的"纯粹的城堡"(château de

---

① 小说《妇女乐园》的男主人公,垄断资本上升阶段的典型形象,其原型是法国现代商业先驱、"卢浮宫大商场"的创始人之一奥古斯特·埃里奥(Auguste Hériot, 1826—1879)。——译注

② 左拉在《妇女乐园》中所塑造的从苦难中成长而意志坚强的新女性形象。——译注。

③ 左拉在承认他的自然主义总是用科学的"自然"替代浪漫主义令人愉悦的自然时,至少还是清醒的,他把自己对内在"石化"的解释赋予文学的构想:"现在,我们的确不怎么坚持这种科学的严谨。所有反应都是过激的,并且我们仍在抵抗上个世纪遗留下来的抽象的惯用方式。"自然"已经迅雷不及掩耳地跃入了我们的作品,它充斥着我们的文字,在岩石与大树的瓦解之中,时而掩盖着人性,侵蚀着人物……"

"于是我们幻想一切疯狂的事物,在我们的作品中,河流开始歌唱,橡树相互攀谈,白色的岩石在炙热的中午像女人的胸部般喘息起伏。这是枝叶的交响乐,一株株青草的角色,明亮与芬芳的诗。若要为这样的想入非非辩解,那是因为我们渴望扩张人性,甚至将它一直延伸到铺于路面的石块中。"《实验小说》(*Le Roman expérimental*), *Garnier-Flammarion*, 1971, 第232—234页。

pureté)或是雨果的"黑暗的大口"(bouche d'ombre)同样具有神秘意味。万物诗意的一分为二,可以用实证主义方法被解读为神秘的方法。它首先被显示为精神世界,而后则显现为文明的特征或一种阶级的统治。而神秘主义与实证主义也可以并道而驰,就像《人间喜剧》序言中的居维埃①和斯维登堡,远早于像雨果或巴尔扎克这样的实证派学者,他们带有强烈象征主义的神秘色彩,致力于遵循人类"使一切适应其需要时,力求表现他们的风俗、思想、生活的方法,并呈现出这个被许多历史学家、风俗史学家所遗忘的历史准则"。② 在他们之前,是现代欧洲文明起源史学家巴朗特(Barante)和基佐(Guizot),他们在研究现代文明发展与习俗建立之间关系的同时,传播着文学的新观念。

"文学——社会的表达":这个在 19 世纪早期流传于法国的等价关系通常被视为博纳尔(Bonald)的思想。这一思想被归结为对反大革命思想始终萦绕的忧心忡忡,并通过圣·西门与奥古斯特·孔德,再将其冲击波及到涂尔干的科学社会学:它是社会契约理论以及人权的形式主义批评;它是有机社会的要求,法律、道德及舆论在其中相互观照,并表达着凝聚统一的共同准则。文学对抗"哲学",对抗着自然法则和社会契约的先验论,作

---

① 居维埃(Georges Cuvier,1769—1832),法国生物学家,自然史教授。著有《地球表面的生物进化》《比较解剖学教程》。——译注
② Balzac,《人间喜剧》前言,载《巴尔扎克作品集》(l'Oeuvre de Balzac),Club français du livre, 1965,第 15 卷,第 370 及 372 页。

为扎根于社会历史的语言出现,文学在深层的有机生活中孕育萌生。夏多布里昂注意到,大革命的流亡者和帝国的流放者,是最早使用这种语言的人。① 然而,这种语言并非反抗革命的表达,而是更为深刻的、暗中发展的文明语言,它无视打算提前文明进程的政府干预,也不把阻碍文明进程的指手画脚放在眼里。于是,最早使用这种语言的,自然而然就是那些在革命的混乱下,置于时代和舆论语言之外的人;但也包括那些致力于去定义一种在社会进程中建立了自由,并使其按照文明变革的节奏发展的政治秩序的人。因此,文学的新观念不是被反革命规定,而是被激进民主主义革命和贵族制度的反革命之间的第三条道路的拥护者所规定,被理性自由的信徒所规定,其中内克尔(Necker)之女——日耳曼尼·斯达尔(Germaine de Staël)便是典型代表。在从理论上建立一种新诗学时,这些人(伏尔泰、马蒙泰尔、拉阿尔佩等人)的关心程度还不及维柯。在《从文学与社会制度的关系论文学》(*De la littérature considérée dans ses rapports avec les institutions sociales*)一书的序言中,斯达尔对他们说:纯文学圣殿的守护者可以安心睡去。"倘若假设我的目的是为了创

---

① "展现新纪元的文学只在文学作为土语之后的四十或五十年开始流行……是斯达尔夫人,是邦雅曼·贡斯当(Benjamin Constant),是勒梅西埃(Lemercier),是博纳尔,以及我本人,最早使用这种语言。19世纪所骄傲的文学变迁的到来来自于迁徙与流亡。"《墓中回忆录》(*Mémoires d'outre-tombe*),livre treizième,第2章,Gallimard,1946,第1卷,第467页。

立一种诗学,那是对我作品的误读。在第一页我就说过,伏尔泰、马蒙泰尔及拉阿尔佩对这件事毫无兴趣;但我希望展现出存在于文学与每个世纪、每个国家的社会制度中的关系(……);我也想证明理性与哲学总是从人类不计其数的不幸中去获得新的力量。我的诗歌见解在这些重大问题面前不足挂齿(……),虽然它与我的关于想象的乐趣有些冲突,但仍能作为我关于人类政治状态与他们的文学之间进行比较的立足点。"①

这一谦虚中带有某种反讽。巴尔扎克将他的精神写照——狂热的路易·朗贝尔(Louis Lambert)塑造成斯达尔夫人的教子(filleul)也并非毫无意义。事实上,斯达尔夫人的志趣在很多方面和拉阿尔佩不谋而合,她一定要比维柯更接近拉阿尔佩。她最大的困惑并不是美学而是政治。这关系到她运用和孟德斯鸠分析"法的精神"同样的方法去探寻文学的"精神",去反驳那些在大革命中认为由启蒙作家所引发的灾难,去理解必要的历史进程,通过文学的佐证去评判大革命,以及在新成立的共和国中去界定"文人"的角色。然而,按照她对待诗学以外事物的立场,从制度与道德的角度探讨作品的外在关系,而不是它们的价值以及完成作品的方式,她摧毁了再现系统曾经的核心,确切地说是其规范性。在再现诗学中,区分诗歌的创作初衷及价值评

---

① Germaine de Staël,《从文学与社会制度的关系论文学》, repr., Genève, Slatkine, 1967,第 1 卷,第 196—197 页。

判是行不通的。诗学讨论的,是诗为了取悦具有评判诗歌使命的那些人所应该呈现的样子。用来取代关于创造的认知与鉴赏的准则之间关系的,是介于精神、语言和社会之间的相似。诗歌从此不再为了满足权威的评判而处心积虑。诗应当是某一时代、某一人群的精神和文明的语言。斯达尔夫人并不关注表达诗学的象征性基础,她宣告了诗的中立状态、空白的(blanche)状态,可以说,这是人类的无意识天分及具有创造性的艺术家的诗歌、文学的不及物性及其反射映照的功能、隐藏的精神世界及社会生产关系表达的共同追求。于是斯达尔夫人建立了呈对立表象的手段的共可能性(compossibilité,莱布尼茨哲学术语):浪漫主义革命的神秘或是圣像破坏运动的尝试,以及这些理性思想的努力——基佐、巴朗特、维尔曼(Villeman)——对他们来说,"社会表达"的文学研究与政治新秩序的探索并驾齐驱,后者是一种认可大革命的历史结果并使后革命时代社会保持稳定的秩序:在该秩序中,政府的形态也许是"道德、劝导及人民信任的表达",同时,法律通过"某种观念、习俗、情感的司空见惯"[1]与道德相通;一种政府秩序,就像莎翁的戏剧一样,可以"同时满足大众以及最崇高灵魂的需求";[2]在该秩序中,法律牵动着道德

---

[1] Barante,《论十八世纪法国文学》(*De la littérature française pendant le XVIIIe siècle*),1822,第 XXVII 页。

[2] Guizot,"莎士比亚的一生"(Vie de Shakespeare),载《莎士比亚作品集》(*Shakespeare, Oeuvres*),1821,第 1 卷,第 CL 页。

力量并通过舆论制度的调停与道德保持和谐。巴朗特在复辟时代的法国,与基佐和维尔曼在路易-菲利普统治下的"中庸之道"(juste milieu)相辅而行。他们将在法兰西学院中碰到破坏圣像的雨果。文学的激进与文学字眼的平庸并行不悖,就像艺术的绝对化与历史学、政治学、社会学的发展之间的关系一样。

这一相互关联的准则是容易理解的。其实只存在两种诗学:一种是从寓言的创造出发,确定了诗的种类和总体完善的再现诗学;另一种是表达的诗学,它用诗歌力量的直接表达去判定诗歌;标准的诗学说的是诗歌应当如何被创造,而历史诗学则探讨诗歌如何被创造,也就是说,诗如何表达赋予诗歌生命的事物、语言以及道德的状态。而这一重要的分配将纯文学的爱好者与创造了诗的社会表达的历史学家或社会学家归于同一阵营,就好像将精神世界的沉思者和社会思想的地质学家相提并论。它也将纯粹艺术家的和社会批评家的实践置于同一个唯灵论原理的法则之下,该原理中,绵延不绝的生命力取决于其转化为实证科学和唯物论哲学原理的卓越能力。这一原理可归结为两条根本标准:其一,在词语中找到使词语发出陈述的生命力量;其二,在可见物中找到不可见的符号。"当你们翻开对开本大张笔挺的书页,手抄本泛黄的纸张,简洁的诗句,代码,信仰的象征,你们的第一印象是什么?是它们自身并没有成为什么。它不过是一个蚌,如同贝壳的化石,是一个在石块中,曾经活着,后来死去的动物琥珀所呈现的形态之一。在贝壳中,是一个生物,而在文字中,是一个人(……)。当你们用人类可视的双眼去发现,你们会在其中看到什么?看不见的人(l'homme invisible)。这些你们用耳朵听到的话,这些举止,这些面容、衣着、行为以及所有可被感知的作品对你们来说不过是一些表达;某些东西被表达,某个灵魂被表达。外在的人中隐藏着一个内在的人,而前者所做的不过是在表达后者。"在"看不见的人"圣·马丁中,在文学的灵魂、意义的内在世界的神秘符号中所栖居的,不是别人,正是重要的破坏圣像者,是在种族、社会环境与当时状况下建立文学作品可悲的"简化"(réduction)的伊波利特·丹纳(Hippolyte Taine)[1]。尽管年轻的马拉美评价丹纳的理论,说他把文学变成种族与特殊社会环境的表达是"艺术家的耻辱",但在指责丹纳不懂"诗句之美"时,却也感受到"不可思议的诗歌灵魂"[2]。同样,普鲁斯特驳斥圣伯夫——作品潜在的自主与其产生的境况相关的说法,普鲁斯特也否定了他同时代人所伸张的爱国的或流行的艺术。但这仅仅是因为这些或那些人在作品关系中,出于表达的需要半途而废。普鲁斯特对内在作品的解读不能脱离对社会法则与变革的遵循,作品就是每位艺术家对所看到的单一世界的阐释,这样的断言与他自己的作品完全吻

---

[1] Taine,《英国文学史》(Histoire de la littérature anglaise), 9ᵉ éd., Paris, 1891,第 VI 及 XI 页。

[2] Mallarmé,写给欧仁·勒费比尔的信(lettre à Eugène Lefébure), 1865 年 6 月 30 日,《书信集》(Correspondance), Gallimard, 1959,第 1 卷,第 170 页。

合:每一个独特的视角都"用它自己的方法去反映着表象中最普遍的规律和发生变化的某个时刻",因此才有人能够在同一画板中裱褙出玛格丽特·奥杜(Marguerite Audoux)的山岗和托尔斯泰的牧场①。

把"为艺术而艺术"以及作家的象牙塔与社会现实的残酷规则相对立,或是将作品的创造性力量与文学和艺术的文化的或社会学的相对论相对立都是无谓的空谈。文学和文明是两个相互承认的字眼。用个人才华自由创作的文学和展现灵魂或社会道德的文学建立在同一个变革的基础上,这一变革在将诗变成语言的一种形态时,用表达的准则代替了再现的准则。那些在法国创造了"文学"的人(西斯蒙第、巴朗特、维尔曼、基佐、基内、米什莱、雨果、巴尔扎克等人),同时也创造了我们的"文化",他们将其称之为"文明"。他们提出了历史的与社会学的宗教经典解释学准则,这些科学为沉默的事物提供了关于世界之真实的雄辩证词,它们也让大声说出的言语求助于沉默的真相——由说话者的态度或是写作者的纸张所表达的真相。创造的个体与集体的对立,或是艺术创作和文化的交往之间的对立,只有基于语言的相同观念和再现界限的同时突破时,才是可被陈述的。这个界限定义了言语行为的某种社会关系,定义了作者,他的

---

① Proust,笔记断片 26(fragment du cahier 26),载《普鲁斯特纪要》(*Bulletin d'informations proustiennes*),n° 10,1960,第 27 页。

"主题"以及观众之间的合法关系和合理标准的协调。对这一界限的突破,使文学的领域和社会关系的范围处于同一外延,并在作品的单一性与它所表达的共同性之间建立了相互表达的直接联系。每一个突破都在表达另一个,却不存在这种相互关系的准则。这也是本质特性的观念在从一边到另一边的过渡所造成的。浪漫主义的特性只有当它成为一个地点、一个时间、一种人、一段历史的特性时才能成为个人的特性。文学,只有作为"社会的表达",才能成为无诗性标准时文学潜力的实现。但这种关系是相互的。每个年代和每一种文明的形式都"肩负着它的文学,就好像每个地质学的时代都是以属于同一系统的、有机的秩序的某种类别出现为标志"。因而,"一首诗造就一个人,史诗般的希腊创造了荷马;文明的希腊源自荷马"。[①]

一个人创造一首诗,一首诗造就一个人。这句修辞中呈现出一种等价关系。有些人为了将要成为的人而渴望一首新诗。由黑格尔、荷尔德林和谢林创造的"德国唯心主义最古老的系统纲领",成为法国大革命时期理论的法宝。有人在过去的诗歌中寻找创造这些诗歌的作者特征。是斯达尔夫人的方法传承给了路易-菲利普时代文学的史学家。尤其是黑格尔——一个有些年迈的黑格尔,创作《美学讲演录》的黑格尔,将丹纳用文学的实证科

---

① Jean-Jacques Ampère, "论法国文学史"(De l'histoire de la littérature française),《两个世界评论》,1834,第4卷,第415及409页。

学使文学系统化的准则转化为新的准则。艺术的捍卫者和认清真相的人们无休止的争吵演绎着这个等式的无限可逆性。戈蒂埃在1830年间,对"社会艺术"提出笔伐;丹纳,在1860年代,将英国文学的历史与民族生理学相等同;朗松,在两个世纪的转折点,为共和主义学派的纲领赋予了与一个社会的文学史相抗衡的文学创造者的历史。萨特和布迪厄(Pierre Bourdieu),在这个世纪后半叶,认清了创作者幻觉的真相。"普遍主义"的信徒今天能够大肆攻击"文化相对主义",并为那些胆敢将莎翁的卓越艺术与名牌学校优等生(bottes)的平庸创作置于同一"文化"范畴内而感到羞愤。但他们针对的术语仅在它们相互关联中才能存在。莎翁的天赋作为艺术典范也只有当这样或那样的表达都是同一文明的表达被承认时才被人认可。这也是马克思社会学能够重新复兴,并成为精神科学遗产的重要部分的原因。也许卢卡奇否认《小说的社会学》(*Sociologie du roman*)批评年轻人的错误是仍然在宗教经典解释的唯心论中运用一战前在德国大学流行的精神科学。他的分析却并未作为小说的形式与资产阶级统治之间关系的唯物主义解释而重新被广泛采用。因为精神甚至可以说成是介于在作品中显示出的表达的力量与作品所表达的集体力量之间可调换性的名称。把那些相信文学绝对性的人们的幻觉与深知其产生的社会状况的人们的谨慎相对比是徒劳的。个人特性的文学表达与社会的文学表达是同一文本的两个版本,它们表达的是同一个也是唯一一个书写艺术作品的感知方式。

第二部分

从普遍的诗学到沉默的文学

第四章

从未来诗歌到过去诗歌

"为艺术而艺术"和社会的文学表达,是书写艺术在同一历史形态下的两种方式,但历史形态本身并不矛盾。文学只有在矛盾的发展中才成为文学。我们有必要对此进行准确判断。初看起来,言语的艺术似乎要在两种消亡中展开。一方面,作品单一的形式很有可能归结为集体存在形态的单一表现;另一方面,作品形式又不得不缩减为个人写作手法的单一技巧。黑格尔在19世纪20年代讲授《美学讲演录》时谈到,这一双重困境可被归结为两个人名。第一位是伟大的语文学家弗里德里希·沃尔夫(Friedrich Wolff)——因指出荷马在历史上并不存在,而使维柯的论点变得激进。在1795年出版的《绪论》中,沃尔夫推断荷马史诗各部分风格的差异,可能是由不同时代、不同作者所书写的作品所辑录。第二位是弗里德里希·里希特(Friedrich Richter)。让·保尔认为他是这类游移小说的作者——依靠优柔寡断的人物和没头没尾的故事不断展现并突出他的幽默。但这种使浪漫主义的课题选择和研究技巧在文化的匿名性与个体的真实署名间游荡的极端性,和艺术的个性以及政治与社会共性之间准则与目的的分歧无关。社会与个人之间的矛盾只不过是一种更深层次矛盾的粗浅表述,位于诗的"独创性"(originalité)新定义的核心。

因为反再现诗学有两种相互矛盾的原则。根据无差别原则,没有哪个主题能左右自身特有的形式或风格。只不过是诗人不得不以一种既定的方式去言说。艺术的特性是通过整个主题,去实现它的真实意图。然而如果诗意化是语言存在的一种形态,反之,它就成了从语言到所说出的内容之间的既定关系。与无差别原则相反,诗歌是由动机、由与它所要说出的内容的相似之处去显示其特征的语言。与自由艺术家相反,诗人是个只能表达他所要表达事物的人,他也是个无法用语言的其他形态去表达的人。维柯通过对聋哑人的语言进行比较提出了悖论所在:就诗歌作为语言的一种缺失而言,诗歌就是语言。它是语言的作品,所说出的不完全是它本来要说的内容,是一种并不忠于自身思想的表达。使诗歌与人类思想的发展状况相和谐的,是这种原始功效和原始缺失的同一。诗歌只有作为史前学,才能将它的历史与思想史统一。斯达尔夫人所说的诗歌与"理性和哲学"的发展相和谐,同时也是这一发展想要消除的残余。浪漫主义诗学于是面临着进退两难:要么自觉地接受把新诗学从本质上变成对过去诗歌的新宗教经典解释学的历史目的论;要么把这一诗学作为新诗歌产生的原则,这一原则迫使它从理论上去建立并通过实践去实现由两条矛盾原则相结合的文学。这两条矛盾的原则分别是记录于语言与精神之客观生活中的特殊差异原则,以及艺术意愿实现之形式的绝对无差别原则。

黑格尔美学作为第一条原则的根本系统化出现,而不是二者取舍后抉择的一条分支,它是对抉择的回避——对书写艺术产生的新形态和处理艺术协调的新方法的文学可能性的提前回避。黑格尔的诗歌理论,以及运用该理论所写的《美学讲演录》都纠缠于一个双重目标。在第一层面,理论解脱了个人与集体的窘境。它们意欲消除由弗里德里希·沃尔夫和让·保尔分别站在认清真相的语文学或是无规律的"创造力"两边,对称的行动所概括的艺术的双重损失。黑格尔理论确定了知与不知之间、意义的语言表达与石块的沉默之间、集体的方法与艺术的单一陈述之间的良好关系,这种关系保障了诗性的地位。但只有把诗性与某种"语言状态"(état de langage)或是与思想的历史形态相比较的主张激进化,并把浪漫主义诗学原则之间的紧张度转化成精神阶段的分界线,这些理论才能实现这一保障。让·保尔反对"创造力"和幽默的论战,说它不过是在追求个体的艺术创造与集体表达之间独有的平衡状态。该论战彻底割裂了浪漫主义诗学的两条原则:语言-思想(互为表达)原则和再现的无差别原则。让·保尔用分隔的时代改造了它们:现代阶段——

再现的无差别"文学"时代,与之对立的是诗歌时代——在作品的外在性中再现思想的时代。黑格尔所创建的理论,就是从浪漫主义诗学中产生书写艺术新形态的不可能性,这是两个世纪以来"以文学的名义"所追寻的形态。

　　黑格尔并非要确认文学抵御分裂的形式——固有于这些原则的二元性,而是试图调停这些形式,为了将浪漫主义变成普遍的诗歌原则。这一调解的尝试在三十年前曾经是《雅典娜神殿》(*l'Athenaeum*)的圈子里浪漫主义派才俊的企图。这些年轻人其实已为这一普遍诗歌的观念赋予了根本形式:在自然的"最美的语言书写的诗歌"中再现的一首诗,浓缩于语言的客观反射和艺术家的"想象力",能使万物诗意化,能把任何有限的现实变成无限的象形文字。也许当席勒(Schiller)在区分诗歌的两种形式和两个时代时,已经将断裂引入这种见解:朴素的诗和感伤的诗。朴素(naïveté),对席勒来说是与对世界的自发意识密不可分的创作,而世界本身,并不区分自然与文化,诗歌或散文。朴素远离原始的幼稚行为,证明了希腊人的诗歌是介于主观感受、集体生活形态、共同宗教以及艺术形式之间的持续表达。感伤则是固有于现代性的,是在失却的自然之后发出的叹息,它将心灵的感受与社会秩序的散文对立,或是将文明的艺术和体制与自然的天性对立。感伤的诗将自身作为分裂的形式,与平庸世界相对抗时,不得不抬高自己。但席勒呼唤的是超越分裂的理想诗歌,后康德主义哲学为这种诗歌赋予了原则。充满诗意的自我世界的客观主义理论,可以作为诗歌创造力的主观主义理论基础。谢林在解述康德时说,自然是"被封闭在神秘和绝妙的语言中的诗"。打开这首诗的钥匙也许已经找不到了,拥有普遍诗性的伟大世界就像被死气沉沉的事物和平庸尘世了无生趣的客观性所凝固。但新哲学,通过费希特的方法,为新事物提供了使之创建的手段。在新哲学与自我的同一中,超验主观性的"我"掌握了主观与客观、有限与无限统一的准则。于是自然诗歌被禁锢的"咒语"解除,我们可以重见其神圣的本质,并在人类现实中将其实现:一种"可感知的想象力"——"想象力"(Einbildungskraft)所领会的不是虚构的才能,而是产生"图像"(images)的 *Bildung*(图像)的力量,它们是生活的形式,是艺术的人性形成进程中的时刻。诺瓦利斯说:"费希特的'我',是一个鲁滨逊。"[①]它是逝去世界的对等物重新产生的能力,精神的波动唤醒了自然、声音和节奏的诗中分散的字母,它们用曲调改变了辅音字母的文风。它是在共同世界中活跃的纯粹主观性。"一旦开始用真正的艺术家身份走向费希特的'我','我'就能产生非凡的作品。"[②]

---

① Novalis,《断片集》,载《作品全集》(*Oeuvres complètes*),Armel Guerne 编,Gallimard, 1975,第 2 卷,第 279 页。
② 同上,第 49 页。关于自然诗,参见谢林《先验唯心论体系》(*Système de l'idéalisme transcendantal*)的最后一章,并被 A. W. Schlegel《关于文学与艺术的讲义》(*Leçon sur la littérature et l'art*)及 P. Lacoue-Labarthe 和 J.-L. Nancy 的《文学的绝对》参考,前揭,第 342 页。

浪漫主义于是并没有茫然地去幻想"朴素"所遗失的乐土。遗失的朴素和新诗的纲领可以被记录在特有的历史目的论中。施莱格尔的"断片"概念要表达的,也许正是内在于世界的诗和源自主观性的诗之间重新寻回的连续性目的论。施莱格尔的"断片"概念总是被理解为专属于现代作品的未完成的和分解性(détotalisation:康德语)的身份标记。在将其与布朗肖的"闲散"(désoeuvrée)作品的观点进行比较时,"文学"界限的经验被动摇了。但这种观点也许太过悲观。一个断片并不是一次毁灭,而是一种起源。诺瓦利斯说,"一切灰烬都是一颗花粉。"断片是被僵化的万物在变形运动中恢复的统一性。哲学地说,它是无尽进程中的有限形象。诗意地说,它取代再现的叙事与论说的一致,是富于表现力的新统一。这种转变规范地体现于《雅典娜神殿》的77号断片中:"一段对话是断片的链条或花环。字母的替换是大规模的对话,而值得记忆的是断片的系统。"① 将过去作品切成片段,也就是拆分再现的一体性束缚,使表达的断片、自然的和语言的诗歌的象形文字、"形成"(formation)的时刻以及同时产生图像、形式和生命的可能性的图像(Bildung),所共同编织的花环(重新)产生浪漫的自然。将它们放置在作品面前,并列入与新诗的发端同样的运动中,而新诗,作为有诗才的"我"的无穷可能性,以及作为这样或那样的预设形式的产物被展现,

---

① 参见 P. Lacoue-Labarthe 和 J.-L. Nancy,前揭书,第107页。

同时也是新诗自我约束的一些"个体性"的产物,是它用自己的主观自由去认同精神客观的构成。

于是诗与它所说内容之间的距离,并不是少儿语言的匮乏。相反,是一种运动,诗歌总是借此运动投射到它既定的形象之外,并将这些形象投射到建构中的生命进程。拆分断片的能力与提前规划(projet)的能力相等同,就像是把玩笑话说得索然无味,把象征变得一致的能力间的关系。《雅典娜神殿》22号断片中表达的正是断片与规划的本质统一:"规划是客体变化的主观根源。完备的规划既要充分主观也要完全客观,它是一个不可分割且有生命的个体。它的起源是充分主观的、原始的,并且只能在这个精神中而无法在别处;它的特点是完全客观的,是本能与道德的必然。是否可以说,规划的意义——将来的碎片——只有通过时而倒退、时而前进的方向,才能区别于从过去提取的断片的意义。重要的是使客体同时理想化和现实化,将它们补足,并实现其中每一部分的功能。然而,因为'超验'确切地说是与理想和现实的一致或分离相关联的,我们也完全可以说断片和规划的意义是历史精神先验的构成部分。"[1]断片是表达的统

---

[1] 参见 P. Lacoue-Labarthe 和 J.-L. Nancy,前揭书,第 101 页。我们注意到,这是施莱格尔为数不多的文章中,为断片的观念所下的间接定义。我们将它和 77 号断片进行对照:"在它的材料和形式中,几乎没有什么是成碎片的,作为科学体系的必要部分,*既是完全主观和个人的,同时也是完全客观和构成的*"(同上,第 107 页;楷体部分为我们所列重点)。

一,是任何一种变质的统一——梦,小石子或一句玩笑话,引用或提纲——在这里,过去和未来,理想与现实,主观与客观,有意识和无意识,它们相互交换着自己的功能。断片是过去来到现在,现在投射于未来,是不可见变成可感知而感知成为精神化。断片是主题-艺术家自我的再现,是作品的个体性,而断片也消失于此,它也是精神世界形成进程中的某一时刻。"浪漫主义"诗歌就这样实现了对立面的统一:在诗中,"诗人的随性无需忍受任何主宰他的规则",诗能够"像史诗一样,变成周围世界的镜子,时代的图景"。[①] 这种对立面的统一也是变化的统一:创造的主观性在断片中的永恒反射,前者在后者中毫不费力地呈现为预设的形象,并形成了一个未来的精神世界,而在未来,艺术家和艺术作品的差异将被消除。在艺术作品和艺术家的成就之间、个人的创造力和公共世界的形成之间的潜在统一,由艺术形式的统一——作为创造产物的形式——生活的形式,即作为生命运动的再现形式来实现。

断片诗学于是在平等原则与象征性原则之间提供了理想的统一。断片即象征:任何片段和一个社会的缩影。它是想象力的自由创造,是在生命形式的运动中饱含生命力的形式。在它的浪漫主义诞生中,断片并非作为文学无法实现的经验的"分解性"(détotalisation)被创造。它是新的全体性矛盾的解决。如果

---

① 参见 P. Lacoue-Labarthe 和 J.-L. Nancy,前揭书,第 112、116 号断片。

文学从中产生,是通过断片想要聚集的东西的"分裂"而产生。整个文学史,也许就像这种"断片编织的花环"的命运,它将叙事的和旧的论述规律与另一种全体性的意象相互对照。

在"朴素"遗失的世界,断片理论被新诗接替,它不再是世界的瞬间意识,而是基于无止境的主观性的再创造。在诺瓦利斯那里,这种再创造可以被放置在奇异的诗性神秘(mystico-poétique)概念中解释。当然再创造也可以作为理性的新任务出现。在《雅典娜神殿》的篇章或"德国唯心主义最古老的系统纲要"中已经提出了这项任务:想象可感知的无穷,服从于理性想法的有限,应当辨别其将可感知思想提供给理论的能力。精神于自身之中获得新神话,而诗,为了遗失的朴素的价值,将获得认知的能力:从自身出发,复苏力量,借由这样的力量,语言成为一首"属于全人类范畴的诗",以自身诗性和普遍诗性的诗歌形式出现,它将能够自我反思,并创造自己的"理论"。小说承袭着消失的史诗,无体裁的体裁,混合兼容的类别,叙述、乐曲或话语在其中分别传达着诗性原则。在荷马时代,诗人隐匿于诗歌世界的阐释背后,与之相对立的是小说《堂吉诃德》,小说通过一个人物与散文世界的相遇,以及为了让他所遭遇的现实变得诗意化时所做的抗争,向我们展现了诗歌原则;同样在《威廉·麦斯特的学习时代》(*Années d'apprentissage de Wihelm Meister*)中,主人公的经历与诗歌形式所经历的旅程一致:小说散文于是完全变成了诗中之诗和生命之书。

黑格尔认为,这一普遍的诗对应着一种严峻后果:诗的普及化是其历史化(historicisation)的严格相关关系中的其中一方(corrélat)。"当"一个世界的语言对其自身还完全陌生时,诗就是普遍的。诗歌意象的创造和生命形式的运动之间的统一,属于当今已过时的人类行(agir)与做(faire)的发展中的某一阶段。黑格尔论证的核心自然而然地处于对史诗和史诗世界的分析之中。因为史诗对应着荷马,而从维柯起,荷马的问题就被概括为诗的本质问题。但也是因为史诗为使诗性的新定义能在过去更好地表达其观念,并使观念进行流畅的阐释提供了场所。"史诗般的作品是圣贤(sage),是书本,是一个人的权威著作,某个具有影响力的民族拥有这本完全原始的书,并在其中表达着构成其原始精神的东西。"[①]表达方式完美地展现了对文类性(généricité)传统原则的推翻。黑格尔根据A·施莱格尔《讲义》的范畴对史诗、抒情诗和悲剧的"类别"进行了研究,认为它们不再是适应于某个主题的特殊而庄严的形式。史诗不再是在构成形式和特殊格式(métrique)中对一些地点和一些英雄的再现。它是一个民族生活的表达,诗适应于某种语言状态,而该状态本身则反映思想和其所处世界

---

① Hegel,《美学讲义》(*Cours d'esthétique*),J.-P. Lefebvre和V. Von Schenk译,Aubier,1977,第3卷,第310页。

之间关系的状态。它是由席勒所概念化的"朴素"的典型表现,不再是早期的无意义的话(niaserie),而是诗歌力量在其土壤和诞生地的完全贴切。它已是诗性世界的诗,这里没有诗歌和散文的区分,公共生活的形式和诗歌陈述的形式都求助于"faire"(行动)的共同形态。

这就是荷马所歌颂的世界:一个时间的世界。在那里,人类行为和维系他们的关系不再是客观性,是外在于人类或高于人类,在国家法律中,在工业形态的制造或政府管理的齿轮中,在这个世界中,他们是存在的方式,是使他们的特征、感受或是信仰相似的行为。在这个世界中,"人类用于其外在生活的房屋和农场、帐篷、椅子、床、剑和矛,供他们在海上航行的船,引领他们长驱战场的马车;烹煮和烧烤、吃、喝:这一切都不应成为死板僵化的手段,而相反,应通过这些感知和完整的自我去感受活着的滋味,通过与人类个体紧密的联系,人性生气勃勃的个体标记,去供给内在于自我的东西"。这种作为个人和集体的方式,是与作为机械的和现代国家的方式相对应的,在荷马的诗中表达为:"在这种方式下,在家庭生活或公共生活中是一样的,我们和残忍现实的对抗,并不比和有条不紊的家庭或政治生活的平庸的独特合理性(verständige Prosa)打的交道更多,而是多于我所指出的这个更高级的诗歌最初的介质。"①

---

① Hegel,《美学讲义》,前揭,第 319 页。

这就是荷马诗歌所考量的"介质"(milieu)。甚至是荷马本人也投身其中。但并不是作为古老民族的不具名的声音——它的回声像四散的零碎诗歌;而是作为一位艺术家的声音,他是一个整体,就像作为整体(un)的世界一样。史诗的客观性指引着"诗人作为在客体面前消失的主体,并建立在自身的基础上",然而,"史诗,作为实际的艺术作品,应当来源于唯一的整体和单一的个体"。① 于是荷马应当仍然珍惜这个他所描绘的已渐行渐远的世界,珍惜这一时间上的距离——诗性可以作为个人作品的原则被重新恢复,以集体生活的方式弥散。也是这个史诗作者所创造的集体世界,即行为的不可分割的世界,其本身就是杰出的个人世界。道德生活的本质共同体仅作为行为和个人特征的表现时才属于这个世界。创造方式史诗般的统一性卓越地表现为对这些战争首领的描述,这些英雄也是他们自己工具的制造者,他们既是主人,又是厨师和仆人。"弱肉强食,弱者则要被烧死;他们驯服要被驾驭的马匹;他们所使用的工具基本都是由他们自己制造的(……)。阿伽门农的权杖是一根家族的棍棒,由祖先从树上砍下并世代相传;尤利西斯为自己打造婚床。虽然阿喀琉斯②

---

① Hegel,《美学讲义》,前揭,第 315 页。
② Achille,荷马史诗《伊利亚特》中的英雄,是海洋女神忒提斯(Thétis)和凡人英雄珀琉斯(Peleus)所生,是参加特洛伊战争的一个半人半神的英雄。——译注

著名的铠甲并不是由他亲手打造,也绝非来路不明,是赫淮斯托斯①遵从忒提斯的要求制作的。"②史诗的世界是富有诗意的——反散文的——因为它是集体的"特有习性"(ethos)和个人特性的准确呼应。一个民族的荷马风格之书的特性属于这二者统一的表达。荷马作诗就像阿特柔丝雕琢它的权杖或尤利西斯打造他的婚床。这就是这首诗可以同时成为生命之书,在集体生活的布匹上剪裁,以及独特艺术家必要的个体作品的成因。

就诗歌的形式而言,史诗是诗之乌托邦。史诗表现了个人的创造性才华及对共同世界的固有诗性准确的相互表达(entre-expression)。它典型性地实现了意义与可感知材料的一致,后者是思想形态的艺术本质;它实现了外在于史诗的思想的表现,毫无保留地被用于石块或人物的连贯性中。史诗中英雄的行为就像石块之神的意象,体现了思想变成可塑形式的化身,同时踞于符号的缄默和象征的模棱两可的语言之上。黑格尔美学恰当地平衡着两种古典理论的理念:要么成为表现形式,要么成为与思想本身无关的浪漫主义诗歌。石块之神的缄默是理念的可感

---

① Héphaïstos,希腊神话中的火神。他能建筑神殿,制作各种武器和金属用品,技艺高超。传说太阳神赫利俄斯驾驶的日车,厄洛斯的金箭、铅箭,宙斯的神盾都是他铸制的。他为忒提斯的儿子阿喀琉斯锻造了一件铠甲,帮助他击败了特洛伊第一勇士赫克托耳。——译注

② Hegel,《美学讲义》,前揭,第 319 页,及第 1 卷,第 346 页(译文略有改动)。

知形式,而坚不可摧的史诗英雄,在表达个体所构成的集体世界时,协调着思想与自我差异的呈现。这种协调也是个体的作诗才华和世界的诗性之间的协调。正是这一双重协调准确定义了古典主义。该"古典主义"的定义传达了一个值得注意的特性:它不过是浪漫主义诗学的提法。专属于黑格尔的方法是用古典主义的理论去改造浪漫主义诗学。语言作品(l'oeuvre-langage),形式与意义,被创造的作品和富有活力的形式,创造性个体与集体诗性之间的完美重合,这些都曾被施莱格尔兄弟或诺瓦利斯当作新诗的任务,而今已成明日黄花。浪漫主义诗学就这样将矛头转向它的理论家们。他们对未来的规划变成了对过去的阐释。这种对过去的阐释来到浪漫主义诗学则变成了:对未来的规划是没有未来的。席勒式的断裂被激进化。史诗的命运通常寓意着诗的命运。史诗是一个世界的荣誉——国家之前的世界,它也是孤立的行为——对自己衰微暮色的歌颂。史诗是"过去"的乌托邦,过去则代表着生活之诗-书的新乌托邦的不可能性。

黑格尔事实上归纳了这种浪漫派古典主义的悖论。为了使理念在艺术形式中同时呈现和消失,需要艺术家愿做和他不愿去做的以及他不知道也不愿做的事情之间的准确重合。这一前提使艺术的成就与实证性的没落联系在一起,尽管实证本身为黑格尔提供了可靠性。像阿特柔丝制作权杖或尤利西斯打造婚床一样,荷马作"诗"。但相应地,他所做的和他没有做的事情之间必要的统一性将他与史诗英雄的命运相连接,只有通过在他的意愿所关心的"事"(*Sache*)和等待他的事件的外在性统一时,才能拥有这样的命运。史诗的荣誉和诗的成功建立在"有限的基石"之上。正是通过阿喀琉斯,荷马的叙述将个人构成的集体世界引向死亡。这终结意味着什么? 因为这个"个人的集体世界"正是1800年代狂热的年轻人,在这个黑格尔、荷尔德林曾勾勒出梗概的"德国唯心主义的系统规划"中构想的未来。他们幻想一个自由世界,在那里,国家的机械法则被共同体充满生命力的精神、被公共诗歌的理性观念取代,恢复"美学的",即"神话的",也就是用一种新宗教去巩固思想家与人民的和谐。[1] 黑格尔的史诗理论将这一过去的未来引向死亡。黑格尔的理论证明的是国家的和共同体的过去,而不是它们的未来。

但这种诗性政治乌托邦的崩溃也决定了诗歌自身的命运。史诗般的群体、史诗的主人公以及史诗诗人三者的一致,表明了先前世界的原始诗性中,人类行为的国家以及工业的合理化。但在艺术"语言"原则的不一致中,也会显现出这三者的一致。艺术是外在于自我的思想表现,来源于从艺术中获得生命并升华至理想性的材料中:石块、木料、色彩、声音或语言;思想成为一幅画作的灵魂、神的微笑或是诗的画面与节奏。艺术,在诗歌功能与语

---

[1] "德国唯心主义最古老的系统纲领",载 P. Lacoue-Labarthe 和 J.-L. Nancy,前揭书,第3卷,第54页。

言的不透明性相联系的语言中,是仍处于外在的、对自身仍然模糊的思想的表现。诗歌的功能类似于维柯所分析的双重缺失:精神认识自身能力的困难,语言对成为思想的单一工具的反抗。诗歌的思想能力是一种精神能力,这种精神只有在语言的形象和节奏中才能认识自身,而这种语言只在图像的转义和其实在性的物质厚度中才能获得。正是这一思想的能力,让思想与一个世界和谐——一个个人和集体行为不服从于法律或经济合理性的世界。也正是思想的能力,把思想、思想的语言以及世界三者之间产生关联的历史瞬间变成艺术,而这是一个注定要消失的瞬间。资产阶级社会和现代国家的时代并没有从经验论世界的行为中获取它们的诗性。在这个时代,精神掌握了自身范畴的意识,并拥有了作为思想表达的客观工具的语言。精神于是无需在自己的外在表现中,在寓言、符号、图像和诗歌的节奏中去认识自身。精神不再需要诗歌。同样诗歌也失去了固有的材料,去了解语言之于意义以及意义之于诗歌的双重隐晦。

黑格尔于是让我们从诗歌的浪漫主义理论中得出结论。该理论使诗成为象征的语言。但象征主义只有词不达意时才适用于艺术形式。语言表达和可感知的形式的一致,只不过是一种和解的过渡时刻。作为艺术准则,浪漫主义诗学业已完成——作为古典主义去完成。现如今浪漫主义只能是席勒的"感伤主义"(sentimentalisme),实现于诗性的主观原则和俗世散文的客观性之间,是和解的形式上的理念。应当去茹尔丹先生①显而易见的道理中找出全部结论。人们只能通过诗句或散文去讲话。诗歌和散文是思想、语言与世界之间关系的不同形态。文学革新者对此的总结是：思想的这些形态是经验论的简单形式的区别，人们可以用散文在一部小说中实现诗歌的本质。但革新者们没有走到推理的尽头。思想、语言和世界之间关系的形态是历史的形态。散文甚至不是从一行到下一行过渡的方式，也不是将经验论的现实与想象力的梦境相对立的隐喻。它是一个历史的世界。这个世界规定了作为思想的本质形式，作为精神"重要性"的表现形式的诗歌目的。只要愿意，我们的确能够继续书写十四行诗、悲剧作品或田园诗。只是它们都无法再拥有埃及金字塔、希腊悲剧或莎翁戏剧的地位：一种思想形态的地位——思想在象征的外在中呈现自身内涵。在俗世散文(la prose du monde)时代，精神的认知通过精神本身在哲学和科学的散文中言说。没有诗性的接替，也没有散文的诗学。诗歌打算自我超越并成为自成理论是徒劳的。它只是走出了艺术的领域，却没有进入哲学。

应当仔细领悟黑格尔这句被频繁引用的，关于小说的说法之奥义所在："资产阶级的现代史诗"(Epopée bourgeoise moderne)②。卢卡奇将其作为《小说理论》中的原则，我们从中读出

---

① Jourdain，莫里哀的《贵人迷》中的人物。——译注
② 《美学讲义》，前揭，第 3 卷，第 368 页。

了黑格尔文学理论的基础。但这一说法并没有开启任何小说理论,反而封闭了一种理论——谢林和小施莱格尔在《堂吉诃德》和《威廉·麦斯特》的基础上所构建的理论。威廉·麦斯特与商业世界的断裂,他的戏剧实践和关于戏剧的探讨,他与迷娘的相遇以及那首"迷娘曲"①,那些"自然诗"的象征,最终他所达到的作为生活方式的美学智慧,这一切都出自歌德的长篇小说。在小施莱格尔的分析中,它是"诗中之诗"的典范,它本身就显示出富有诗性的诗歌理论以及诗歌存在的普遍理论。② 在向歌德致敬的同时,黑格尔转变了态度。对谢林或施莱格尔来说,曾经作为"无限的诗性"准则,在黑格尔那里已然相反:它是历史终结的标识。史诗曾是"世界最初的诗歌状态"。小说则反之,是为了将诗性还给曾失去它的世界的努力。这样的努力是矛盾的。我们并没有把这个世界遗失的诗性归还给它。小说于是只得再现其自身境况:诗歌的憧憬与资产阶级世界散文之间的偏差。与歌德和小施莱格尔的愿望相去甚远,小说最初尝试的实质内容是理想的喜剧,资产阶级年轻人的小说,与家庭、社会、国家或商业暂时割裂而四处游荡之后,资产阶级年轻人却变成了像其他

---

① "迷娘曲"是《威廉·麦斯特》的第一部《威廉·麦斯特的学习时代》中小说人物迷娘歌唱的插曲。——译注
② Friedrich Schlegel,"关于歌德的《麦斯特》"(Über Goethes *Meister*),载《鉴别和评述 I》(*Charakteristiken und Kritiken I*),Paderborn, 1967。

人一样庸俗的人。① 或者说,这个实质内容本身消失了。小说的情境和事件只不过是"韵脚"(bouts rimés,诺瓦利斯),或是"韵脚的字典"(dictionnaire des rimes,让·保尔)。小说不再有其他目的,而只是无限重复一种行为——将一切平庸的事物诗歌化的行为。在实践中,一切既成现实对费希特的"我"的自证的服从,变成了艺术家精湛技巧的纯粹示范,成为小说家不断为想象力赋予价值的理由,这是一种汇集了将一切有限现实变成无限象形文字的诗歌能力的想象力。但是这种能力只有通过所有客体的毁灭才能被证明。无差别原则于是消灭了诗性原则。小说的真实,这正是让·保尔的小说举例证明的"幽默"。作者不断出现在场景中。他累积着前言和附录,前言式的附录,附录包含着前言,最终勉强在途中安排一个人物,作为作者的副本,并将他置于毫无意义的故事中,为了陪伴这个人物而取代他,为了切入一段诗歌的离题话或是同读者的讨论又临时遗忘了这个人物。"诗"不再是其他事物,而只是再现的不断解体,是展现自己的行为,不顾对客体的损害,去炫耀它单一而空洞的意图。浪漫主义诗学于是颠倒自身。使常用的言语的有限诗性处于演说的场景,与现代言语的大场景,书写的场景,成为有血有肉的词语的场景,自然诗的场景,或是按照无限的象形文字或曲线所引发的纯粹想象力的场景相对立。让·保尔用虚构的主人公没头

---

① 《美学讲义》,前揭,第2卷,第208页。

没尾的冒险,用一纸空文真实的游荡改变了"万物说话"的大场景。让·保尔借小说去完成诗歌的任务,让我们学会去辨识世界的符号,并构建符号的语法和字典。他说:"我们的灵魂,用符号中的 24 个记号(也就是组成单词的 24 个字母)在灵魂上书写;自然,则是用无数符号在书写。"①这所谓的灵魂的象征语言,如自然同我们讲话般地与灵魂对话时,最终是否并没有变成字母表中枯燥的符号?对黑格尔来说,与完美驾驭情节的亚里士多德学派诗学相对立的让·保尔的故事,不再是个体诗歌的力量和集体的丰富精神的结合,而是它的反面:想象力的天马行空与纸张漂泊的流传之结合,即反-精神(anti-esprit)的一面。

---

① Jean-Paul,"给男人们糖衣药片"(Quelques jus de tablette pour les messieurs),载 M. Alexandre(编),《德国浪漫主义》(Romantiques allemands),Gallimard,七星文库,1963,第 1475 页和《诗学或美学导论》(Poétique ou Introduction à l'esthétique),Paris,1862,第 2 卷,第 131 页。

第五章

碎片之书

于是黑格尔又一次揭示了新诗的无谓自大,包括在散文形式下被证明的诗。小说形式的诗在客观主义形态下,迷失于资产阶级社会散文中。在诗的主观主义形态中,作品又被引向艺术昔日特征的独特展示,走向了艺术家的特征。浪漫主义其实并不是新诗学的原则,它象征着诗歌与艺术进入解体时代。解体的原则,是反再现诗学的两条构成原则的不可调和:其一使诗歌成为语言的特有形态;其二宣告了被再现主题形式上的无差别。只有当诗歌和艺术作为语言和思想的形态,它才能够审视无差别原则。当艺术说出了对客体的思考的——恰当或不恰当的——必要关系时,它就是一种语言。当这一关系无关紧要时,艺术便消失了。也许黑格尔有些不怀好意地修正了施莱格尔兄弟谈论让·保尔的幽默时提出的"进步的普遍诗歌",甚至通过复述施莱格尔兄弟的讽刺去反对让·保尔。他同样也提出了悖论,文学的整个事业都在其中挣扎。文学,无疑将为了理论地定义和实践地建立起相对立原则之间的逻辑联系而不懈努力,从福楼拜的"关于虚无的书"开始,文学要找到一种独特的有声形式把每一个句子变成理念的表达,一直到"烙印着我们每个人的书"的普鲁斯特悖论,即书中"没有一个事实不是虚构的"。① 而同样,通过激烈反击让·保尔学派的拥趸及大师,黑格尔揭示了在必要性的表达原则和无差别的反再现原则的矛盾背后,一种更深刻的矛盾——浪漫主义的创始体裁与小说无体裁的体裁之间的矛盾——是被选中的场所(lieu d'élection)。这一矛盾所对立的,不再仅仅是写作的必要性与主题的无差别。它对立的是写作与写作:写作作为证明具体化力量的语言,在诗歌、人与石块中再现,与之相对的写作是没有实体的字母:不受任何用途、任何说话者的约束,因为字母与一切证实书写真实性的实体分离。于是在使浪漫主义诗学无所适从的两条主要原则对立的背后,是写作的冲突,作为文学新生事物隐藏的真相被暴露。

为了理解它,让我们把目光集中在黑格尔所不懈揭示的这些寓言和主人公之一。1809年,让·保尔出版了《Fibel② 的一生》(*Vie de Fibel*),作品的题目已展现了幽默的方式。"Fibel"曾

---

① Proust,《重现的时光》(*Le temps retrouvé*),《追忆似水年华》(*A la recherche du temps perdu*), Gallimard, 1954,第3卷,第846页。
② Fibel,出自拉丁语 fibula,指古人用的胸针、发卡等饰物,也出自 Bible (圣经),指圣经作为幼儿入门读物,后泛指初级阶段的东西。——译注

经是德国识字读本的常见名词。这个名词,某种程度上源自Bible,即《圣经》,让·保尔将这个普通名词改成特有名词,并发明了Fibel,同音异义的书的作者。书的虚构,完全出于打算复原这位Fibel的生活与作品的叙述者的行为。叙述者告诉我们,这项任务是艰难的,因为源头难觅。他对徒劳地咨询专家和造访图书馆感到厌倦,于是转向市场和旧书商。在一位皈依犹太教的旧书商货摊上,叙述者找到一部不朽作品的残余——Fibel一生四十卷的作品只剩下几页封面。除了这几页之外,书本的其他内容早已被法国士兵撒落满地,随风飘散。幸运的是,镇上的居民收集了散落的书页,用这些纸张做成咖啡的锥形滤网、风筝、裁剪内衣的纸样、椅套和鲱鱼的包装纸。叙述者出于独特的用意,让跑腿的童仆去小镇的乡野间,一页一页地回收零散的书页。在重新收集的过程中,主人公的故事向我们呈现出来:Fibel——捕鸟人的儿子,最初吸引这位年轻主人公的不是阅读,而是那些字母——在物质性中呈现的文字。在一次睡梦中,一只公鸡的出现为他带来了"创造"灵感:公鸡叫声的拟声词(Ha),字母H,和Hahn(家禽)这个德语词之间的相似性。经历了一连串的冒险,直到关于Fibel的一生的源头枯竭,而最终在一个邻近的小村庄中,找到了Fibel被遗忘百年的形象。

  根据让·保尔的传记作者记录,作家借用碎片在这本寓言书中嘲讽了自己年轻时作品的命运,相似的遗失和再利用,以及萧条的大背景。在批评家大施莱格尔或黑格尔眼中,该故事尤其能够象征偶然的写作构成方法。显而易见,这个"幻想"的故事有一个实践过的小说原型,确切地说是借用现代小说的奠基之作《堂吉诃德》的原型。从幸运地找到搜集来再利用的纸张开始重建作品的虚构情节,直接源自《堂吉诃德》的第九章。在第八章,叙述者用与比斯开人的战役突然中断了对主人公不幸遭遇的叙述。叙述者说:他所掌握的手稿在这里终止,他曾徒劳地寻找关于这位流浪骑士的其他线索。而在接下来的一章,幸运的巧合突然发生,叙述者在托莱多①的街道上遇到了一个正在向丝绸商兜售书页旧纸张的小男孩。渴望阅读这些碎片的热情驱使他拾起其中一页纸——"甚至是被丢弃到街上的碎片",并在其中发现了阿拉伯文字的写作。在一位西班牙摩里斯科人的帮助下,他得知手稿中记载着堂吉诃德的故事,由阿拉伯史学家熙德哈默德本因基里(Cid Hamet Ben Engueli)撰写。他要做的只是翻译这些书稿使自己的叙述得以继续。

在将这个回收纸张的故事搬移时,让·保尔不仅照搬了小说虚构的情节原型,也借用了陈述与寓言之间的某种关系。因为用外语写作的寓言书,在工业循环的终端(in extremis,拉丁语)被拯救,这甚至不仅仅是塞万提斯小说的一个情节。故事进入了一个既定的套路,这个套路在全书中,通过叙述者功能本身的虚构化,与书本中不幸的骑士的虚构吻合。叙述者时而作为

---

① Tolède,西班牙地名。——译注

单纯的抄袭者出现,凭借侥幸碰到的素材,塑造其主人公的故事。时而又相反,叙述者承担着——作者通过叙述者去承担——掌控人物和故事的功能。这个策略在为了回应由抄袭者所撰写的续篇而作的又一本书中尤其得以施展:堂吉诃德参观了印刷他自己故事的印刷厂,并评判了关于他自己功绩的真伪。让·保尔从塞万提斯那里借用的不仅仅是回收书稿的创意,他也吸取了陈述的方式——这个伴随着叙述功能真实感的手法,由18世纪的幽默作家们,尤其是斯特恩①,在时空的间隔中进行了完善。让·保尔的"想象力"源自将书写带入寓言的传统,将一种故事类型——书面文字爱好者的故事——与寓言陈述的手法相连接。

但塞万提斯并没有在自己的故事内容中引出被找到的书稿的故事。被找到的书稿是小说传统主题(Topos)的滑稽模仿版本,尤其是在作为传统主题的重要对象《高卢的阿玛迪斯》(*Amadis de Gaule*)中的表现。《阿玛迪斯》的前言告诉我们,包含主人公故事的手稿是如何侥幸在一个废弃的地下城堡中被找到的。而寓言的系谱并未驻足于此。《阿玛迪斯》②类型的骑士小说本身就属于一个漫长的传统,从《特洛伊传奇》(*Romande de*

---

① 劳伦斯·斯特恩(Laurence Sterne, 1713—1768),英国小说家。代表作《项狄传》和《感伤旅行》。——译注

② 一部著名的文学浪漫故事,最初完成于西班牙或葡萄牙,可能是作者根据法国原本创作。——译注

Troie, 1154—60)到《忒拜传奇》(*Roman de Thèbes*, 1155),再到《亚历山大传奇》(*Roman d'Alexandre*),骑士故事被古老的宏大叙述联接起来。在3世纪的一次突如其来的"发掘"中,被找到的《阿玛迪斯》有了它的雏形。关于特洛伊战争"真实"叙述的"发现"——说谎者对荷马造成的混淆——根据战争的两条可靠证据,两个人各居两个阵营中的一方:特洛伊一方,达瑞斯-佛里癸俄斯(Darès le Phrygien)——安特诺尔(Anténor)的同伴;阿哈伊亚一方,迪克提斯(Dictys le Crétons)——伊多梅纽斯(Idoménée)的同伴。而迪克提斯的故事由一篇前言和一封被寄出的信引出,描述了手稿被发现的情形。特洛伊灭亡几个世纪之后,在尼禄统治时代克里特的一次地震中,迪克提斯的墓穴被破坏,尘封的遗物重见天日。几个牧羊人在其中发现一个小匣子:并不是他们期待的宝藏,而是五卷用腓尼基文字书写的羊皮卷。翻译之后发现,手稿是迪克提斯的回忆录,人们遵照他的记叙又将书稿掩埋在他身边。而故事并未就此停驻。当人们谈及荷马并修正他的故事时,柏拉图就在不远处。这次地震和贪财的牧羊人的故事为柏拉图所用,并讲述成另一个"故事":死者的遗物被掠夺,一些材料失而复得。在《理想国》(*République*)的第二卷中:牧羊人裘格斯(Gygès),在地震中进入到地下并在一位先人手中,找到了一个金指环,这个指环能让他隐身并帮助他勾引了吕底亚的王后,进而杀死国王,取代其王位。

被拯救的手稿的小说传统主题(topos)就这样进入了最初的寓言。① 但这些相似的情节和改编应有怎样的理论地位呢？被黑格尔取笑的让·保尔的戏谑和由格劳孔(Glaucon)②用以揭示若恶无恶报便无人选择正义时所援引的裘格斯的罪行,二者之间又有何关联？一份又一份被找到的手稿的故事之间又有怎样的联系？而这一联系又涉及怎样的文学理念？要试图回答这些问题,就应当转向流散的书稿寓言中的其他转化,并非在《Fibel 的一生》之前的十五个世纪中,而是在其后的三十年。事实上,在这些百姓的孩子(enfants du peuple)的自传发展的三十年间,自传都有一个必不可少的情节:与文字世界相遇的叙述。某天,一个孩子偶然在广场或港口的户外货摊上找到了一本书,他躲在废弃的阁楼或是逃亡的避难所里,他找到了什么——一本孤本,或者甚至不是一本完整的书。在通常的叙述中,书卷总是陈旧褪色或是残缺不全,封面已然遗失或根本没有书名。要么,所谓的书,不过是在街道上或是从食品包装袋上收集而来的散页,它们却成了这个孩子不可思议的百科全书。改变命运的事件和与文字的奇特相遇,总是关乎到两个世界之间身份的转换:书本无以承继的状态,险些作为纯粹的纸页流离失散,以及

---

① 关于该演变关系,参照了 William Nelson,《事实还是虚构》(*Fact or Fiction: The Dilemma of the Renaissance Storyteller,*), Harvard University Press, 1973。
② 在柏拉图的对话中经常出现的柏拉图的兄长。——译注

被回收时意义的流转,为工业或是日常生活所用;或是相反,包装纸的收集偶然变成了作品纸张的汇集。从管道工人谢罗克斯(Claude Genoux)1844年出版的《萨瓦的孩子回忆录》(*Mémoire d'un enfant de la Savoie*),到曾经是牧羊人的玛格丽特·奥杜(Marguerite Audoux)1910年出版的《玛丽·克莱尔》(*Marie-Claire*),叙述经历了上千次的变化,但它的组成部分从根本上还保持原样:与露天市场或是被废弃的场所的两次不同相遇的偶然发生;被破坏的书几乎不再是本书;对任何书来说,没有比它的独特性更重要的了;以及一种新生活的开始。① 被找到的书的传统主题——哪怕是书的碎片——专属于小说的幻想,转变成开始写作的社会寓言。从柏拉图的故事(muthoi)的意义来说,对这些灵魂命运的叙述所构成的寓言或神话,在他(柏拉图)的对话中比比皆是,尤其是牧羊人裘格斯的故事。

弑君的牧羊人、细木工匠、印刷工、鞋匠或织布工,他们之间

---

① 因为这里还能列举很多其他例子,同时普鲁斯特也受过这样的影响,就牧羊人玛丽·克莱尔在农场的阁楼中的发现举例来说:"我找到的只是一本没有封皮的书,书页都在角落里散开,就好像有人一直把它揣在口袋里。前两页已经不见了,第三页磨损得厉害,文字模糊难辨。我靠近天窗借着亮光,在书的笺头,看出这是一本《忒勒马科斯历险记》(*Les Aventures de Télémaque*)"(Marguerite Audoux, Marie-Claire, Stock, 1987, 第131页)。其他范例参见我的著作:《无产者之夜》(*La Nuit des prolétaires*), rééd. Hachette, coll.《Pluriel》, 1997,《人民之国度的短暂旅行》(*Courts voyages au pays du peuple*), Éditions du Seuil, 1990。关于《忒勒马科斯历险记》中无知的人发现自己能够阅读的象征性价值,也可参见我的《无知的教导者》(*Maître ignorant*), Fayard, 1987。

有怎样的关系？文明的德行和深思的灵魂,是谁在向我们讲述这些接纳了另一种命运的记叙,而被接纳的,是写作者的命运吗？意味深长的是,正是这些向我们展现这种关系的文人,也同时在反抗这种新生事物,即在1830年代被称为工人文学的东西——从书中所象征的围篱的另一端而来的人们所产生的文学。更有意义的是,那些担忧被工人侵袭了艺术神坛的人,并不是亚里士多德的信徒——对体裁和得体深信不疑的人。他们是新诗学的拥护者,是无界限的诗歌的拥护者,这种诗歌联合了充满灵感的诗人作品与无名作者的石块之诗。正是他们将被找到的书与已消亡的作品联系起来。与此同时,他们将堂吉诃德的寓言作为书本牺牲品的寓言,在阴郁的外表下变得更为现代。是夏尔·诺蒂埃(Charles Nodier)在反击那些想要通过教育抵制罪恶的人时,开辟出了一条道路。相反,也正是这条道路罪恶地改变了正直的百姓的孩子。① 是雨果在1838年将吕布拉(Ruy Blas)的故事搬上舞台:学校把这个孤儿变成了一位诗人而不是工人,以及他对王后悲剧般的爱慕。是巴尔扎克在随后那年,在《乡村神甫》(*Le Curé de village*)中,讲述了利摩日废铁商的女儿维罗妮卡(Véronique Sauviat)的故事:一本在露天货摊上找到的《保罗与维尔日妮》(*Paul et Virginie*)打乱了她的生活,

---

① Charles Nodier,"论民众教育的道德效用"(De l'utilité morale de l'instruction pour le peuple),《幻梦》(*Rêveries*),Plasma,1979。

直到生活变成罪过的启示。1841 年,勒米尼埃(Lerminier,1803—1857),《环球报》(*Globe*)曾经的编辑,当年的圣西门主义者,也是右派哲学家以及德国哲学的引入者,宣告了这一新"文学"的危害,在同一期《两个世界评论》中,还收录了几位年轻的浪漫派作家热情激昂的文字,以及普朗什的警告。在一位叫阿道夫·布瓦耶(Adolphe Boyer)的印刷工因自己的书失败而自杀的第二天,勒米尼埃写了文章《论工人文学》(De la littérature des ouvriers)。事实上,布瓦耶的书不涉及任何诗歌,而是他工作的组成,布瓦耶也并不是以被诅咒的诗人而死,而是因觉醒的活跃分子而亡。布瓦耶的自杀并未成为"工人文学"致命的空洞象征。勒米尼埃找到了评判的论据:首先,这些进入文学领域的新手只可能是一些蹩脚的模仿者,在艺术上徒劳无功。其次,他们就这样献身于失败和令他们自己感到失望的诱惑。而更为根本的,是这种开始写作并不仅仅是某种不幸的沉沦,它甚至是秩序的扰乱,使用工具的人注定要用工具完成工作,而思考的人才应专事思考。七年之前,依然是勒米尼埃,在同一本杂志中,为支持他曾信奉同一学说的旧友皮埃尔·勒鲁(Pierre Leroux)及让·雷诺(Jean Reynaud)所创办的《新百科全书》(*Encyclopédie populaire*),写了一篇关于人民主权的文章。他指出,这一主权并不是一个单纯的政治-司法准则,而是"一个按照历史规律进行发展的完整体系",包括"教义、宗教、哲学、诗学、政治"。[①] 七年

---

① Lerminier,"论百科全书之微及民众的教育"(De l'encyclopédie à deux sous et de l'instruction du peuple),《两个世界评论》,1834,第 1 卷。

并没有使他的情感对人民主权变得冷漠。这七年,通过表面上看起来微不足道的"工人文学"事件,暴露的却是这种得体的裂缝,文学的民主主义(民众)的传播作为这种诗学和政治之间和谐的根本性的错乱被呈现。

黑格尔的揭露显示出一个双重基础,同时也是文学自身的双重基础。散落的书页的戏谑并不仅仅象征着徒劳地运用小说的幽默,以期使散文世界重新诗意化。在费希特主义新手的理论象征背后,是为重新诗意化而无止境付出的迷失,在诺瓦利斯自命不凡的鲁滨逊变成不幸的堂吉诃德背后,是一个令人不安的社会象征,是思想世界新手的形象。① 而在散落的书页荒诞的故事背后,描绘的是失落的孩子和堕落的劳动者更加悲凉的寓言。事实上,这些故事都能在牧羊人裘格斯的故事中找到原型。柏拉图其实是通过对希罗多德(Hérodote)所讲述的故事进行意味深长的搬移来创作这个故事。在那个故事里,裘格斯曾是吕底亚国王坎道列斯②的军官。这位国王,因妻子的美貌而

---

① 值得注意的是,在探讨浪漫主义艺术的《美学讲义》结尾部分,从莎士比亚的特点到让·保尔的感伤主义过渡,是通过一些可以说是社会学的论述实现的,这些论述是关于并未接受"出于普遍目的而进行教育"的"来自社会下层阶级的人们的""单一声部"(《美学讲义》,前揭,第 2 卷,第 197 页)。而在黑格尔之前,大施莱格尔曾经勾勒过一个形象,匿名但显而易见——在被作为伟大作家认可之前,他在自己的小镇中通过变幻莫测的幽默进行内心独白写作:总之,让·保尔诠释了这个自学成才的形象。(参见 A. W. Schlegel,《美学讲义》[*Vorlesungen über Aesthetik*], Paderborn, 1989, 第 1 卷, 第 487 页)

② Candaule, 公元前 714—前 685 年。——译注

得意忘形,令她未加遮掩地出现在躲藏着的裘格斯面前。妻子察觉了阴谋,为报复这种侮辱,便干脆去勾引裘格斯,并让他去对付自己的丈夫。在创造与希罗多德的裘格斯雏形不同的另一个裘格斯时,柏拉图完成了故事与内涵的双重改造。由愚蠢的坎道列斯设计的隐藏变成了看不见的秘密,被裘格斯在死亡的国度(墓地)发现。而秘密也唤醒了他身上的野心与罪恶的使命。军官变成了牧羊人,一个普通的老百姓,委身于劳作和田间的欢愉,因得到看不见的权力而开始堕落。这种权力,就像《斐冬篇》(*Phédon*)中提醒我们的,既是认知的能力也是死神的权力。总之,裘格斯是"改变社会身份的"劳动者中的第一人,他们带来的威胁在现代纠缠着普罗大众的思想。直接的背景之外,寓言得到了支配着柏拉图理想国的准则的意义;每个人在城邦中各行其是;尤其是那些从事农耕的刚强生命,他们不会插手公共事务和思考之事,而后者专属于金子般的灵魂使命。勒米尼埃的论据,和诺蒂埃、雨果或是巴尔扎克以及众多他们的追随者的困境一样,是柏拉图理想国的黄金准则的现代变异。

第六章
文学的寓言

堕落的牧羊人故事,对失而复得的书进行小说式的戏谑,以及走向沉沦的百姓的孩子的现代寓言,在这些关联中,还应引入柏拉图的另外两则神话。第一则是对亡灵世界的另一叙述,它宣告了《理想国》的完结——潘菲利亚人伊尔(Er le Pamphylien)的陈述①:伊尔阵亡沙场,死而复生后讲述了在另一个世界之所见并向我们揭示了重要的秘密:灵魂被置于杂乱无章的命数中,选择自己的命运,就像是在公共货架上做出选择一样。第二则神话是柏拉图在《斐德若》(Phèdre)的结尾谈到苏格拉底讲述的关于书写发明的神话。塔莫斯(Thamos)国王用双重论据驳斥了炫耀书写发明的发明家图提(Theuth)。首先,被

---

① 在《理想国》的对话中,柏拉图透过一个在战场上阵亡,但在十二天之后又复活的士兵伊尔,叙述了死后世界灵魂的境遇。——译注

书写的文本就像一幅静默的图画,一幅言语的静物画,它只能去模仿,去无限重复同样的事物。它也因为离开了创造生命的言语、掌控言语能力的人,而成为孤儿般的言语:文本"拥有自救"功能的可能性,当人们质疑文本内容时有回应的能力,并且在文字所要指引的灵魂中,能变成一颗鲜活的种子,也能结出果实。其次,这种沉默可以使被书写的文字变得喋喋不休。当孕育它的"父亲"没有按照合理的礼节将它引向开花结果的地方时,被书写的言语便左顾右盼,无目的地流浪。它开始去讲话,用沉默的方法,无所谓对谁讲,更无法分辨谁适合或谁不适合作为听众。总之,对展示新技术的发明家,国王的回应是:写作是另一回事。写作不是简单地再生言语或是储存知识的方式,它是言语和认知进行陈述以及流传的特殊体系,是孤儿式的陈述体系,是一种自说自话的言语。它遗忘了自身由来,也对听众毫不在意。我们可以用当代文学理论术语称之为"自足性"(autotélique,自己本身具有目的)或"不及物"(intransitive)。但确切地说,柏拉图的分析却模糊了这些观点传递给我们的标志。"不及物性"(intransitivité)是文字传递给我们的东西,而"自身目的"(autotélisme)就是使其适应无论什么人的目的。柏拉图的神话(muthos)使我们看到,对立并非介于进行传播的言语和不发生传播的言语之间,而是在言语行为的两种不同实现方式中。自说自话的言语并不是萨特在封闭的花园中矗立起的、只存在于内行专家意念之中的"沉默的纪念柱"。相反,它是言语传递媒介的破坏。被书写文字可见的和可支配的特有形态扰乱了从话语的合理归属,到陈述语言的讲话行为,再到接收言谈的机构以及到言谈被接收所依据的形态之间的关系。它甚至扰乱了话语与认知对可见性进行安置的方法,以及二者成为权威的方法。

柏拉图的文本并没有定义书写的"错误",或是就有生命的言语而言,被书写的言语的从属关系。文本使书写的观念呈现出本质的分解,并使这种分解成为言语体制下的书写观念。书写其实并不是与声音的传播相对立的、单纯的符号轨迹。书写是言语行为的呈现。书写描绘的总是要比它所排列的符号多得多,它所勾勒的是从躯体到灵魂、躯体之间,以及从团体到各自灵魂之间的关系。书写是感知的特殊分享,是共同世界的特别构成。这种构成在柏拉图那里作为合理秩序的不规则出现——逻各斯通过这种不规则被分配,再将躯体分配成为共同体的形态。在《斐德若》中,通过一则关于蝉的古老神话,柏拉图将存在的两种类别进行对比:夏蝉声声,劳动者来到树荫下休憩;①而

---

① 该神话讲到,从前蝉都是人,后来诗神降生,这些人发狂歌唱,废寝忘食,直至死后变成了蝉。柏拉图在这个神话里告诉人们:蝉的歌声可以使人入眠,或远离理智,变得狂躁。在该神话中,人与蝉表现为隐喻关系,它们都受到感官知觉的诱惑,作为肉体的"人"和"蝉"屈从于歌声。而"诗神"则隐喻着爱情,表现的是情感的迷狂,爱情之所以让人迷狂乃是诗神的凭附。通过蝉(*转下页注*)

雄辩家,基于对言语的自由支配脱离了劳动者状态,从言语的有生命的、无限的交流中分离。更早以前,有另一则神话——带翅膀的战车和堕落的神话,同样也建立了境遇的分配。它将不同等级下灵魂化身的不平等与通过这些灵魂表现出的能力或无能连接,去经受上天真理的审视。处于劣势的等级表现为将"看"和"说"的真实形态与生活状态分离。

然而书写是言语体制的陈述,它根据人类的"逻辑"能力使存在的等级变得不规则。书写修正了逻各斯共同体化身的排列准则。书写将根本矛盾引入柏拉图所思考的共同体的协调中,例如"做"、"存在"和"说"各形态间的和谐问题。三种事物的和谐是指:公民"事务"——他们所"做"的,同时也包括他们支配时间的方法;公民"道德"(ethos)——公民在自身地位上的生存方式,以及定义这种"事务"的方式;公共礼法(nomos)——该礼法不仅仅是单一的法律,也是共同体的"乐曲"(air),其轮廓分明的精神实质就像必不可少的声色,像每个个体或所有人生命的节奏。这首理想国的交响曲,让事务、生存方式以及共同体的音调变得和谐,它在柏拉图的思想中,与民主的无政府状态相对

(接上页注)的神话,柏拉图提出了位于对话中心的哲学问题:在哲人对真理的追求中,感官知觉扮演了怎样的角色? 他认为,神利用了人的感官诱使人献身于缪斯,这种献身是为真理献身,具有光荣的意义。如何正确利用感官的美来追求真理则是柏拉图辩证法过程的意义所在:柏拉图神话的目的是导向真理,在运用辩证法的过程中,借用和改造神话的表现形式,用神话故事的形象方式揭示世界的原初真理。——译注

立。民主事实上并不是一个通过权力的不同分配与其他体制区别开来的制度。它被更深层次地定义为有形物的既定分配,其场所(lieux)的特殊再分配。这种再分配的原则,正是孤儿文学无拘无束的体制,我们可以称其为文学性。民主是书写的体制,在该制度中,文学的倒错与集体的规则相统一。民主通过这些写作的空间被建立:这些空间从自身人口稠密的空洞和多语的缄默中,冲破了团体道德(ethos)现行的结构。

柏拉图的论战为我们揭示了这些缄默的和多语的文学空间中的一部分。比如《政治学》(*Politique*)中说到,在雅典,法律被书写在可移动的木板上,神柱像一些愚蠢的图画或是无来由的讲话般杵在那里,就好像远行前的医生,为即将要来的疾病开好处方。再如苏格拉底对我们说,第一个来到剧场正厅的人,能够用一个德拉克马(希腊货币)买下阿那克萨哥拉①——伯里克利导师的书,而这位思想家曾说过,圣灵会按照物质的均等赋序万物。最终,在雅典公民大会上,一个缄默而多语的词的权力被行使,这个词要比其他任何词更易产生喋喋不休的长篇大论,即demos(人民,民主一词的来源)这个词。民主确切地说是书写的体制,游荡的孤儿文学在其中具有了法律效力,取代了有生命的话语和共同体鲜活的灵魂。

柏拉图那场针对诗歌和模仿的重要论战脍炙人口,论战涉

---

① Anaxagore,希腊自然哲学家。——译注

及到寓言、史诗或悲剧的内容,也关系到它们陈述的形态。首先,这些寓言在迷人的外表下,用极端的方式展现灵魂的昏昧,让人们从中获得愉悦。尤其是享乐的戏剧化传播,在通过模拟进行表现时,带来了能够毁灭公民道德的骚动,并在我们的灵魂深处刻下烙印。其次,诗人不只是在关于上帝和英雄的事情上撒谎:对被神话了的英雄和偶像的模仿成了伦理的反面教材。诗人也对自己撒谎,他把自己作为言语的创造者隐藏起来,在悲剧演员或是史诗人物的身后屏蔽了自己的声音,放弃应有的责任。就这样,在上演情感的矛盾与声音的表里不一时,诗歌的虚构使公民的性格失常。而诗人的谎言也许并不是共同体中对话语的有序分配最大的威胁。写作的混乱要远比诗歌更为危险。也许诗人不实的寓言在灵魂中留下了错误的记号,滋生了不公的准则;也许诗人话语中的隐瞒在城邦中建立了表里不一的统治。但并不用言语去言说的沉默-多语的绘画,反而比模仿怯懦灵魂虚假的模特更令人生畏;左顾右盼的孤儿的话语,要比被隐藏了创造者的诗更可怕。因为如果诗歌虚构的混乱是一个杂乱无章的城邦的体现,那么文学性的混乱,则是这种倒错的构成。混乱甚至与一种政治秩序的原则相一致,即民主的原则。这一根本上的混乱通过某种形式隐藏在诗歌谎言的陈述背后。这样的混乱出现在诗歌困惑的处理形式分崩离析之时。

这种困惑得以修正,古希腊文明至少经历了两次虚构之乱的调整。第一次是柏拉图的政治修正,这种处理方式绝对不是将诗人排除在外。柏拉图积极地调整诗歌的混乱,用好的模仿(mimesis)去对立拙劣的,或是树立起模仿的另一法规。《理想国》的第十卷通过对立推理(a contrario)提出了(模仿的)原则。拙劣的模仿者荷马,向我们呈现了表象的外廓:阿喀琉斯,勇气的"典范",通过激情澎湃的演说以及闪闪发光的武器的描述构成夸夸其谈;或智慧的幽灵涅斯托耳。如果荷马懂得什么是智慧和勇气,他就能统帅军队,为城邦立法,培养听话或骁勇的人。真正的模仿,是在个体或城邦有生命的身体和灵魂中,对美德的模仿。而这也是苏格拉底所竭力寻求的——艺术作品本身,正如《会饮篇》(Banquet)中亚西比德所证明的,或是在《法义》(Lois)第七卷中,立法的哲学家为被排斥的悲剧模仿者辩解,因为他们事实上是最伟大的悲剧作家,他们的悲剧作品是对美好生活的最佳塑造。现实诗歌与被再现的悲剧对立:城邦的短剧或舞蹈模拟着悲剧的法则,并沉浸在这悲剧的氛围和笔调中。当诗歌的虚构为这片乐土带来混乱,因城邦本身体现了现实诗歌的真实而对此进行修正,完成了最完美的模仿。

第二次修正,是亚里士多德的《诗学》中所进行的截然相反的调整,它甚至产生了"诗歌艺术"的想法。亚里士多德拒不接受由柏拉图在两种模仿中触发的混乱:诗人的模仿呈现了他们的寓言与特色,灵魂的模仿则根据在灵魂中铭刻印记的雏形去主动产生或被动承受。柏拉图将两种模仿用同一个一体化理论连接:模仿的戏剧仿品必然转变成灵魂的混乱。亚里士多德没有把灵魂和城邦变成真正的诗,而是将它们分离,在人类行为和城邦的事务中,规定模仿的范围。亚里士多德否定了模仿的消极身份,这是柏拉图作为苦难之载体的虚拟事物。他以认知的形态为模仿赋予了积极的身份,虽处于下层但更实在有效。他可以在此基础上定义模仿的合法体系:首先,模仿行为的积极效果就像知识的特殊形态;其次,虚构的现实原则限定了其特有的空间-时间以及言语的特殊体制(著名的《卡塔西斯》[catharsis]首先指出言语效果的自律,关于戏剧独特场景的悲剧情感的克制);第三,文类性原则根据主题的崇高去分配模仿形态;其四,适宜于或不适宜于悲剧或史诗模仿的寓言的评判标准。于是他定义了由再现的传统诗学所系统化的,再现之得体系统的首要因素。他也建立了言语的现实性原则,在使虚构的现实原则和谐的同时,赋予再现诗学一个框架,限定了明确的空间-时间言语的特殊体制,以及在修辞学领域中,这种言语的内涵,包括议会或法院的社会言语内涵。

于是我们发现,在再现的结构崩塌之时,宣告这一普遍书写毁灭的浪漫主义伟大诗学立刻遭遇另一种混乱——隐藏于虚构的规则背后,沉默-多语的言语在诗学与政治上不可分割的混乱。我们也就理解,这种浪漫主义诗学在亚里士多德体系的破灭中,发现了柏拉图曾经的疑问,以及由无产者命运的叙述比较所带来的机遇,被游荡的文学在旅途中捕捉,以及陈述的传统主题或形态,开始伴随着并寓意着小说的写作。事实上,正是小说无体裁的体裁,自古代文明起便开始承载沉默-多语的文学权力。这一体裁并不仅仅把君王、商人、鸨母赤裸裸的现实生活和魔幻故事结合。它也不仅仅在这里或那里传播他们的故事,而并不知道它们适合谁或不适合谁。它也认可这种话语游荡的陈述形态,它时而完全隐没创作者的声音,时而反之,强行将它搬上舞台而不顾及故事整体。就这样,小说成为虚构陈述稳定布局的毁灭,对书写无序状态的顺从。于是很自然,这样一类人被当作重要的主人公——读过很多小说,对小说内容深信不疑的主人公,不是他的想象力出了问题,而是因为小说本身就是想象的病灶,是被游荡的文字冒险所废除的虚构现实的所有原则。

人们认为,这一废除便是堂吉诃德"疯狂"的核心。疯狂让他无视别人对他的建议:佩德罗师傅和木偶的奇遇使观众喜悦,为此他们才来到这个表演的特殊空间-时间,也清楚地知道公主的不幸和撒拉逊人的粗暴是为了博看客一笑;客栈老板承认在休息的间隙,阅读骑士小说的诱惑力,他也清楚地知道这些骑士今天已不复存在;教士更愿意用高尚的作品去打发时间。堂吉诃德对这一切置若罔闻,他被这些书写蛊惑:广为流传、由皇家许可印刷,有些人们以为真实、有些则不以为然的书。骑士忧伤外表下的怪诞是一种新的"模仿":不再是再现的体裁所需要的荣耀或卑劣、勇敢或畏惧的模仿,而是对这样一类作品的模仿,是书写等式的普通反复。这种模仿只不过是文学性的原则,以及被书写的文字自由无拘原则的功效,这种被书写的书面文字动摇了言语、承载言语的躯体以及言语所描绘的对象之间的合理分配。堂吉诃德就是这一文学性的主人公,在言语化身的伟大诗学将他呈现于戏剧舞台以前,他就提前秘密地破坏了合理的模仿系统、再现的系统。但只有通过滑稽的模仿、伴随着化身的原则,以及与再现原则所对立的成为肉身的言语原则,"破坏"才产生作用。

书写的真实取代了言语的君主政治舞台,这并不是化身,而是背叛,是流浪文学的"缄默"。文人以及像于埃一样和解的基督徒,为了在小说中插入的虚构而无谓地扩大合理的模仿领域。在比喻的宏伟王国中,他们将小说探险的"东方"幻想与圣书的象征或比喻徒劳地放在一起。小说为了让其文风技巧和拐弯抹角的随意性与鲜活的言语和灵魂的滔滔不绝同化,已提前打破了想象的条条框框——人们曾将小说纳入想象。在科隆大教堂的三角门楣上阅读圣书的石像与《巴黎圣母院》的诗人之间的道路,被流浪的骑士切断。再现的诗学之后,应当继承着伟大的诗歌-世界,即"言说一切"的诗歌,用一切沉默的事物再现言语的诗歌。然而这一伟大诗歌却从相反的方向前进,"沉默"的言语只有为了破坏一切言语的躯体,破坏圣书或诗歌-世界的可靠性时,才化为肉身。化身的艺术同样也是背叛的艺术。这正是位于黑格尔的"浪漫主义"艺术定义核心的悖论:思想在人民群众中,化身为言语(épos),而石块则留在过去。这个定义曾经规定了艺术的古典主义,"美学的宗教",即基督化身之前的艺术或宗教。基督教的化身将这种化身遗弃在过去。它使思想与整个艺术表现之间、主观性的力量与感知的表现形式之间,产生了无限的距离。当今的浪漫主义,艺术的基督教时代,曾经是化身退隐的时代,是艺术自我肯定的时代,也是其自我毁灭的时代。

同样的矛盾把"文学"变成艺术之悖论的代名词,它没有固有的理念,却可以去展现艺术的所有绝对性。一方面,并不存在文学的平庸,就像"新文学"这个新词其实是空穴来风;另一方面,通过对书写行为或"实践"的神圣化去否认这种平庸的思辨也就无从谈起。当马拉美提出:"有没有像'文学'这样的东西存在"?并回答,文学存在于"万物之外",那里既没有世纪末的唯美主义,也没有无法实现的感人实践。"平庸"与"特别"从概念上相互联系。文学作为矛盾诗学的中性词存在,作为新诗学原则的悖论行为存在:诗的本质与语言的本质相认同。这种认同只有在新诗学的原则上植入对立关系时,才能摧毁再现的诗学:化身的言语和沉默-多语的文字。从根本上毁掉文学观念的也许是文学性。书写的舞台不仅仅将象征原则的必要性与无差别原则的自由对立。书写的观念甚至被一分为二,并成为书写之争的舞台。马拉美或是布朗肖的"沉默"又一次变得复杂起来。使这种沉默得以实现的,是两种同样有说服力的沉默之争:通过浪漫主义伟大诗学和多语书写的沉默文字给予万物的"沉默的言语"。

第七章

书写之争

为了理解该战争的原则,让我们回眸被"误导"的百姓故事,并聚焦于其中最悲惨的——《乡村神甫》(*Le curé de village*)。乍看起来,巴尔扎克所想象出的寓言是柏拉图式寓言的典范:书写的致命危害以及书写与民主之间内在关系的寓言。女主人公薇洛妮克是利摩日一个卑微的废铁商之女,她的父亲后来在大革命时期悄悄起家,靠国家产业投机发财。一个周日,小薇洛妮克在露天货架上找到一本《保罗与维尔日妮》(*Paul et Virginie*)。这本书让她与世界的关系,产生了可与吉格斯之指环相比拟的剧变。自那天起,"遮蔽着自然的幕布"在她面前被掀开。凝视着她为保罗和维尔日妮建构的那座维埃纳小岛,女主人公开始梦想贞洁而崇高的爱情。不久之后,她嫁给了富有的银行家,同时却被另一个打工小伙子吸引。工人塔士隆(Jean-François Tascheron)为了和薇洛妮克私奔,杀死老守财奴,并把偷来的黄金藏在岛上。年轻人用生命的代价偿还罪过,却始终没有供认他的同伙。而薇洛妮克也成了寡妇,在赎罪中度过余生。她将自己幽居的荒芜乡村变成了富饶的牧场,而她犯下的罪在临终公开忏悔时才得以公开。

小说的私通与形而上学和政治寓言的论证完全一致。不幸的塔士隆的罪行完全是书本的罪,沉默的和多语的、死亡的和血腥的文学之罪,书本在对并不适合的对象言说时,改变了执拗灵魂的命运。塔士隆留下的犯罪线索——用于打开守财奴栅栏的铁钳,烂泥中薄底浅口鞋的足印,这些更多地是带有罪因的寓意:致命的转折点,是那双奉献于钢铁工作的薄底浅口鞋。真正的罪是这一象征性罪行的严谨阐释。故事的结尾,呈现在我们面前的薇洛妮克是一位慈善的领主,为使故土变得肥沃富饶而引领着宏伟的灌溉事业,这一结局给出了正确的指引:应当带给老百姓的,不是书籍使人堕落的财富,而是通过劳动改善境遇的行动,用柏拉图的术语说,就是"做他们自己的事"。

私通的行为与寓言的寓意,看起来似乎与故事的主题完全契合。但我们的概括是一个假象。小说家恰巧没有按照故事严谨的结构去展开。在小说最初作为专栏文章于《新闻报》上发表与小说成卷出版之间,出版的漫长与混乱的过程使带有寓言意义和道德涵义的私通行为无法保持前后一致。[1] 巴尔扎克既不

---

[1] 关于这段叙述独特之处更为详尽的分析,可参阅我的文章:"巴尔扎克与书之岛"(Balzac et l'île du livre),载《词语的血肉》(*La Chair des mots*),Galiée, 1998。

能用令人满意的叙事顺序去安排真实的私通罪行,以及象征罪行的寓言,也无法将启示生活的正确言语与产生不幸的文字相对照。在小说以专栏文章付印和成书出版之间,他一定颠倒过各部分的顺序。专栏文章是由罪行和诉讼的故事开始,而这个故事则是由一个古怪的情节所引发:一位利摩日的主教,在主教花园的草坪上,默默凝视着维埃纳小岛,他打破沉默只是为了说出人们寻找的秘密也许就藏在那里。于是叙述颠倒展开,从这一凝望的目光出发走向主题:罪,或者其缘由。他向我们引出了这一诉讼的罪行与情节,年轻人以基督式的忏悔走上脚手架,却没有说出幕后那个神秘女人的名字——唯一能够解释他罪行的人。原因的留白由第二部分填充,依年代顺序平铺出薇洛妮克的一生:与命运之书的相遇,诗歌般的梦之岛以及乏味的资产阶级婚姻,直到她的故事与诉讼的交汇处。于是在最后一部分,叙述重新回到一项双重任务:一是叙事的任务,解释第一部分的令人费解以及第二部分的显而易见之间的关联;二是寓意的任务,用女主人公的自惩,使故事的寓意成为训诫。

然而,著作的出版颠倒了前两部分的顺序。顺序上之所以显得更合乎逻辑,是因为他将(象征的罪)原因置于(真实的罪)结果以及(薇洛妮克的忏悔)承认罪行之前。但从故事寓意具体化的叙事逻辑角度来看,将原因前置于结果的哲学逻辑调整是个败笔:当罪行的主要原因在它发生之前已为人所知,那么什么是罪恶的阴谋？就像《俄狄浦斯王》的构思从拉伊俄斯(laïos,俄狄浦斯之父)的神谕开始一样,结尾的坦承反而显得赘冗。巴尔扎克却大大地延长了小说的最后一部分。这部分本应给出寓言的寓意,将书写和民主的危害相对照,不仅仅是罪的懊悔,也是恶的解除：神圣言语的善行,产生于基督教圣书的伦理和社会秩序。《乡村神甫》的最后一部分应当呼应小说题目中的人物和地点,在乡村中传递圣言的人,以及这个年轻的塔士隆因失败而告别、薇洛妮克为救赎而来到的村庄。但小说的训诫寓意也被证实和它的叙事顺序一样难以构思。因为说到传道者,这部分要引出的是一位工程师。博内神甫启发薇洛妮克进行救赎的伟大工程,是利用湍流中流失的水开挖渠道,修建宏伟的灌溉系统,使村庄的草地被滋养并变得肥沃富饶。小说的最后一部分,本质是要献给伟大工程的描述,薇洛妮克将指挥工作委任于一位渴望社会活动的年轻工科学生——这些年轻工程师之一,在当时,他们充当着圣西门主义工业宗教的教士。

应当仔细领悟这一置换调整的含义。并不是实践的行为取代了人们对神圣言语的期待。而是书写的另一种形态,勾勒线条的另一种方式,通过这些线条,神圣的灵魂与小人物交流,并将其精神传递给普罗大众。薇洛妮克通过开凿运河的航路为村庄带来繁荣,这些线条便是她懊悔的文本,书写在土地之上。"我发现在这片土地上,永远无法抹去我悔恨的痕迹(……)它被书写在沃野,在日渐繁荣的乡镇,在从山中流向这片平原的河水中,在往昔的荒芜与原始,而今的绿色与勃勃生机中"。[1] 故事的"道德寓意"并未将有效的行动与危险的幻梦相对照。而是将一种书写与另一种对应,生命的(神圣的)书写与死亡的书写。水流的轨迹,带着它唯一的使命,从起源到终点,全然遵循着命运的准则,严格呼应着沉默的文字轨迹:《保罗与维尔日妮》或其他类似书籍的轨迹,偶然间游历世界,在集市的货架上休憩,这样或那样的书籍躺在那里,并不是出于阅读的需要。柏拉图将神圣言语的旅程与书写的魔法相对比。之后,是基督教将圣灵、化身的圣言与昔日的文字对照,然而,应当再现这一圣言的引导者,即圣言的化身——主教时,巴尔扎克遭遇了悖论。没有一句话回应书写魔法的圣言。将薇洛妮克的灵魂和寓言的意义交付给两位教士——主教和神甫的权力,并不是圣言赋予人类的权力。它不是神圣的雄辩术也不是福音书文本的权力。主教的权力是先知的权力,或是"专家"的,就像《路易丝·兰勃特》(*Louis Lambert*)中对它的称谓:是去阅读灵魂秘密的教士的权力,也是开辟感知的物质表象、去辨别精神奥义的新教会的权力。巴尔扎克在故事令人费解的场景中施展的正是这种权力,也是他要回避的:注视着小岛的目光,他已提前了如指掌但守口如瓶,那个我们全然不知的被隐藏的秘密。精神的目光,被安排在故事开篇,恰好阐释了"专家"的能力:用联系事物开端与结尾的目光

---

[1] 《乡村神甫》,载《巴尔扎克作品集》,前揭,1966,第7卷,第939页。

看万物。故事瞬间来到了罪行的"精神"原因:"岛"作为犯罪"场所",作为书写魔法的暗喻,是书之岛。但很明显,观察者的特权只有牺牲想象才得以施展。在指出罪行原因以及寓言的意义时,他绕开了私通的行为。或者说,如果他保持绝对的沉默,他将绕过这一行为。面对沉默-多语的文学的罪,他注定要么沉默要么多话:在说话时,他将取消对私通的审判。在沉默时,他使寓意脱离寓言。

这两难窘境并不是虚构的良机,他只得求助于"观察者"的身份。观察者既不写也不说。他不能将任何圣言与书写的魔法相对应。《路易丝·兰勃特》的寓言早已向我们呈现了一个被疯狂的沉默所迫的观察者。而这里,书的肉体化身以及物质的精神化身,已因为女主人公将救赎之路变成堕落之法而被掩盖。理智的薇洛妮克制造了属于她的堂吉诃德式疯狂:用她的身体验证书的真实,就像路易丝·兰勃特制造了一个与其灵魂相似的身体的行为。孤儿文学的旅程已提前戏谑地模仿并且破坏了圣言的作品。而圣经的言语甚至也变得可疑。小说家告诉我们,早在教士先生允许她阅读《保罗与维尔日妮》前,薇洛妮克的修女姐妹早已教给她太多教理的碎片。

这也是博内神甫不是通过他的言语,而是通过工程事业去建设乡村的原因。没有一句圣言能够医治书写的民主主义的恶,除非通过另一种书写。这种书写有极其显著的特征。一方面,它不是通过写作进行的书写,是一种无词的书写,由书写双重性中的缄默维护。另一方面,它又是一种超越写作的书写。它不像别的写作那样托付给瞬息即逝的气息,或是脆弱的纸张。它甚至可以被土地所勾勒,在万物的具体性中被顽强地记录。随灌溉的水流倾泻的懊悔的虚构,其实是一种倒置,它服务于基督教正统观念以及家长制的社会秩序,一个时代矫枉过正的语言及政治乌托邦:圣西门主义"新基督教"教士-工程师的乌托邦。正是这些人,用技术和社会的工程学术语阐释了浪漫主义诗学,后者展现了沉默事物的言语,以及科学的语言和共同体的盲目语言之间的等价关系。也是他们,将最终的、最根本的解决办法提供给了一个思辨的时代——有关沉默的语言、"真正的荷马",以及古埃及象形文字诗学智慧的思辨。他们出发去埃及,为了在那里,在土地上,在铁路和水流中,铭刻下圣言——那些古代象形文字构成的集体诗只不过是些模糊的阴影。"在埃及,我们并不去辨识伟大过往古老的象形文字。但我们会在土地上,用它繁荣的未来符号去雕刻";"我们在地图上勾勒出世间梗概"。[①] 就这样,灵魂之间的"交流"在水流与铁路上实现了文学化。书写万物的诗性,在铁路和灵魂的工程师那里甚至变成一种"政治"。这表明沉默书写的批评,通过另一种缄默的道路,一种并非书写但高于书写的方式,转向了作为真正诗歌共同体的

---

① 《行为之书》(*Livre des actes*),Paris,1833;Michel Chevalier,《地中海体系》(*Système de la Méditerranée*),Paris,1832。

古老柏拉图思想。

《乡村神甫》的故事带给我们的远不只是在民主的新时代，沉默-多语文学之危害的清晰寓意。它将我们置于文学境遇中的矛盾关系，即文学性面前。除了寓言，还包括小说家在将寓言植入情节，以及伦理学家从中吸取训诫时的无能为力。因为总的来说，从博内神甫的做法中吸取的教训就是圣西门主义的教训，即："太多的词，太多的声息(flatus vocis)和纸张上的存在。如果词语具有教益，我们用于治愈社会之不幸，即词语所带来的不幸，它便不再是词语本身。而今应当用工程师和组织者的成就去书写圣书。"但小说家在不声明其作品矛盾的情况下，如何能够把小说的结论演化为作品的寓意？小说家为谁写作，如果不是为了那些不露真面目，也不尽正统的读者：他们只阅读廉价杂志的专栏文章，七零八散，碰巧遇到的某页零碎文字，这些伏尔泰拒不接受的"一定数量的年轻男女"的集合，那么又是为谁？是为了这样的人——小说的男性或女性读者，告诉他们，这些男女主人公的所有不幸就是源于阅读小说；此外它还证明了，最合乎道德的小说也无法挽救这种不幸，除了一种不再属于写作的写作，不用词语的写作。

小说家为了那些不一定非要读它的人而写作。但这里并没有一个随行的(performative)矛盾去重建交流的实用主义。民主的痼疾和文学的能力具有同样的前提：沉默-多语的文学生命，民主的文学生命干扰了话语秩序和等级秩序之间的排列关系。于是新型书写的身份被牵连,它是小说作为新诗的观念,是表现语言的诗学本质或诗性的语言本质的诗。象征性原则不仅仅破坏了叙事原则,而且它本应为了小说的存在而与之协调。它也作为诗学准则而自行毁灭。因为它将自身权力置于书本写作之外:在主教传达心意却沉默的眼神中,或是在神甫的水利线路中。在主教的沉默和神甫的工业主义之间,并不只存在回避的寓言寓意,也有浪漫主义诗学的"语言"可靠性,语言的肉身与诗学言语(verbe poétique)之间的认同。观察者的沉默,并不仅仅表明通过言语去治愈书本的罪恶时,虚构的主教的无能为力。它也标志着新诗学构成的矛盾。古老诗学建立在从看到说的延续之上。巴托所谓的"天才",也意识到了同样的问题。诗人的观察能力,通过从自然中选择的笔法,构成了美好自然的理想图景,同时用一种变成再现力量的内在激情进行转化。这一看和说的游戏把诗歌艺术变成了一切再现的规范。伯克、狄德罗或莱辛早已摧毁了艺术的对应观念,以及从诗歌到雕塑,或是从绘画到戏剧的类比。而伴随着浪漫主义诗学,矛盾甚至已深入到诗的核心。纯粹的目光——一个非拟态眼神的力量为诗提供了语言规范,这是言语无法完成的。教士凝视着岛屿的石化的目光,证明了一种"不及物性",带有语言"自身目的"的某种形式主义信仰的不及物性意味着没有任何看的对象。不及物性证明了诗歌的语言不再根据再现的结构去安排思想的可见物,但原则上,诗歌语言又是一分为二的:万物借此展现其意义,一切可见物展现其不可见的部分。

而这一分裂又产生出双重效果。一方面,预知力作为意义的预测产生作用,它掌控着小说描写的奇特策略,能让读者不看自明。而这一策略提前反驳了现实主义者平庸的批评,即接下来的世纪先锋派将提出的批评。我们可以向布勒东让步:不去进入陀思妥耶夫斯基所精心描绘的拉斯柯尔尼科夫(Raskolnikov)①的房间,也不去看葛朗台衣服上的纽扣,夏尔·包法利的大檐帽,或是左拉的伊甸园(Paradou)中的花朵。② 但现实主义的失败也恰是小说成功的条件。把小说变成杰出的浪漫主义体裁和现代体裁的力量,也是伯克所描述的力量:那些产生作用却不被看见的词语的力量。小说的问题并不在目光令人厌倦的平淡无奇上。"现实主义"完全建立在预知与观看之间的距离上,在不看自明的可能性上。问题在于"预知"本身。预知其实是一种观看的能力,它不再服务于再现,但会为了自身需要而显示,并作为寓言寓意贯穿于叙事逻辑。象征的原则于是转过身来:象征(symbole)使万物说话,在四处埋下意义的象征也在自身保留了这一意义。它没有使意义再进入叙述。"象征"在布朗肖的术语中成为"图像":不被看见的图像,缺席的语言,转向外在性

---

① 《罪与罚》的男主人公。——译注
② "我不进他的房间",这是安德烈·布勒东用来讽刺《罪与罚》中关于拉斯柯尔尼科夫房间的描述所用的句式。参见《超现实主义宣言》(*Manifestes du surréalisme*), Gallimard, 1963,第16页。

的内在性。《乡村神甫》的寓言告诉我们,从传播的意义上说,作为文学言语核心的"图像",并非由无差别构成。因为,从要传递的信息来看,阻碍巴尔扎克叙述的,并非他的冷漠。相反,是意义的过度使图像横亘在叙述中。是一种诗学的转向,渴望将反再现原则与圣言化身的诗学进行比较。

观看的语言没有变成肉体。它却将言语的力量转移到"事物的语言",后者不过只是事物的缄默。具有想象力的言语的匮乏,以及具体化(化身)言语的过剩摧毁了一种诗学观念,即建立在《路易丝·兰勃特》的"新福音书"(nouvel évangile)之上的观念:也许某一天,"于是圣言化成了血肉"这句话的反意,将用新福音书的话语总结为:"于是血肉成了圣言,它将成为圣经。"[①]《乡村神甫》具有教益的故事用事实否认了这一预言,它标志着在书写的宗教教义与书写的诗学之间的距离。先知诗人的精神性并没有固定的、可以与廉价报刊区别开来的语言。圣西门主义传播的铁路最终是石化之书的真实。这也是未来主义的汽车和苏联机车时代将伴随着诗歌或是新兴人类时代到来,使集体的力量摆脱民主主义文学漂泊的、一种超书写的诗的时代。铁路壮观的政治乌托邦为了自己的利益,夺去了与石化之诗及教堂著作的文学乌托邦紧密联系的力量。

---

① 《路易丝·兰勃特》(*Louis Lambert*),载《巴尔扎克作品集》,前揭,第 1 卷,第 147—148 页。

巴尔扎克的寓言以他的方式预感到这一命运。寓言的、阴谋的和道德无法实现的和解，不外乎是浪漫主义诗学分离成分的无所适从。也许《乡村神甫》的阴谋不只是博尔赫斯(Borges)对这些无望的阴谋和19世纪小说扭曲的心理所进行的嘲弄，并且将它们与亨利·詹姆斯(Henry James)或毕欧伊·卡萨雷斯(Bioy Casares)严谨的叙述进行对比。但他所崇敬的毫无破绽的虚构有非常特殊的脉络。这是虚构的寓言，神秘的叙述，而秘密始终如一，因为这就是虚构的现实，他支配秘密的方法，就是这个秘密的内情。于是虚构是虚构能力的证明。再现逻辑和表达逻辑之间的对立在这里被抵消，例如表达诗学原则的矛盾：当故事只有作为寓言力量而成为寓言时，才能将无差别原则与象征原则结合。它只要不在象征的无限性与不确定性中迷失，就不会成为再现的"报告文学"。距离——即"缄默"——曾位于维柯所提出的言语与寓言之间统一的核心，就这样被消解。象征是想象的方式，意义的内在世界只不过是想象力的世界。亚里士多德的情节也可以毫无保留地与施莱格尔的"诗中之诗"相统一，虚构的约定俗成与想象的宝库，以及作家-魔法师的精湛技巧与寓言平庸的繁殖，都可以实现统一。只剩下一种体裁——虚构故事者为了他天然的读者，而求助于无限的资源，即想象的体裁。

将这种寓言的唯一形式和故事的唯一表达形式与小说的不确定和笨拙进行对比是吸引人的，这种无体裁的体裁在讲述却不再现,去描绘却不被看见,它求助于万物的语言,又将自己隐匿其中。博尔赫斯的虚构相对主义或是超现实主义者的诗歌绝对主义,瓦莱里对叙事荒诞的蔑视,或是德勒兹为了把小说的情节困境重新引向故事神奇的表达方式和神秘的形象而付诸的努力,就可以联合起来反对专属于小说的折中性。文学就这样与虚构故事的法则一致,即与精神的法则妥协。

但小说执着于这种同一。它是旧的和新的诗学矛盾加剧新的内在矛盾的场所。因此,小说甚至成了文学体裁——使文学在这些准则的相互冲突中生存的体裁。《乡村神甫》的虚构在必要的交错和无法实现的重合中,安插了纠结和戏剧化结局的亚里士多德学说欲求,沉默书写的民主主义寓言和新"诗"分离的残余,新诗为了与其观念适应,不得不在特殊的语言和陌生的语言中书写,专为揭示内在于万物的语言的力量。"另一种书写"被迫成为结构的乌托邦,而不是文学的一手材料。文学领域于是成为一片沙场,将文学不断从沉默-多语的文学的民主逼退到超-书写数不清的形象,不成文的书写,或高于"成文"的书写。想象力的奇幻场景已然成为书写之争的战场。

第三部分

作品的文学矛盾

第八章
风格之书

而文学的时代不仅是书写之争的时代,它也是试图调停这一战争的时代,是将观看与言语、主题的无差别和语言作品的必要性、事件的宏大书写与缄默-多语的文字相和谐的时代。《乡村神甫》所呈现的,一如《路易丝·兰勃特》所封闭的——关于看的目光和说的言语之间无法实现的和谐。和谐的失败归因于文学无法创立其特有的表达方法。小说家巴尔扎克的困境被后代作家概括为:巴尔扎克不懂**写作**。"要是他懂写作,那他该是怎样的人啊!可他缺的就是这个。"[①]仔细体会这一评价,会发现它并不否认巴尔扎克的伟大之处,相反,它在能与不能之间建立起严格的关联。"一位艺术家,终究没有这样做,他缺少这种

[①] Flaubert,给路易丝·科莱的信(lettre à Louise Colet),1852 年 12 月 16 日,《书信集》,第 2 卷,第 209 页。

广度。"巴尔扎克就像他笔下的主教:是一位先知。福楼拜在阅读《路易丝·兰勃特》时恰好验证了巴尔扎克洞察的才能,例如虚构的旺多姆高中生已提前经历了鲁恩高中更真实的学生生活。他是一位先知,也因此,他不是艺术家。不是艺术家,并非他的错。相反,我们承认过去的伟大创作者,用福楼拜的话说:他们不是艺术家。"《堂吉诃德》的不可思议,就在于艺术的缺席。"①与斯特恩、蒂克或让·保尔的时代所激赏与效仿的精湛技巧完全不同。福楼拜还说道,伟大的代表作是愚蠢的,过去的创造者,他们的生活和精神只不过是盲目方式的"对美的垂涎,是上帝的工具,通过这些去证明他自己"。② 塞万提斯的小说,而今总的说来属于古典言语(epos)。在这个美的时代,人人可以当诗人,却无需成为艺术家,席勒的"天真"时代已一去不返。不会再有作为"人民的圣书"的艺术,就像黑格尔史诗中的希腊,实现诗学繁荣的那个时代已经内在于道德世界。我们正处在"感伤的"或"浪漫的"分裂时代,在追求真理的目光与观察平庸世界的目光分离的时代,在这样的时代,应当成为艺术家,即**需要诗**,就像"古典的"创造者对呼吸的需要一样去创造诗。于是先知与作家分离。他们之间需要新的形式去调和。小说"等待

---

① Flaubert,给路易丝·科莱的信,1852 年 11 月 22 日,《书信集》,第 2 卷,第 179 页。

② 同上,1846 年 8 月 9 日,《书信集》,第 1 卷,第 283 页。

它的荷马",等待把作品变成"诗歌最初身份"之启示的那个人。小说期待成为"史诗的新形式",但只有在一种情况下才可能实现:人们要"摆脱创造一部小说的所有意图"。①

于是我们理解了黑格尔二难推理的真正意图:(或许)应该创造一种完全表象的诗,完全出于需要,它是古典诗歌作品在浪漫主义时代的等同物,它们只是因为"曾经并非有意"成为这样的作品,因为艺术家意图的产物严格地与作品产物的无意识进程相等同。在福楼拜开始写《包法利夫人》的时候,作品开始于一个类似《路易丝·兰勃特》的高中,并被搬移到与《乡村神甫》和《乡村医生》完全不同的乡村,福楼拜为黑格尔的二难推理提供了他的答案,而这个答案也回应巴尔扎克的二难推理问题。该答案可以概括为一个词:**风格**。《包法利夫人》是一部用"风格"书写的作品,因为风格忠实于目光与书写的一致。风格应当"像把尖刀般插入理念之中",就像主教的目光穿透薇洛妮克的秘密,亦如路易丝·兰勃特深入藏在感知世界背后的精神世界。但风格也应作为言语的力量进入观念。于是双重二难推理的答案在书写核心的正规术语中被给出,书写问题的焦点产生了实体诗的浪漫主义同义语,正如作为个体的荷马所写出的一个民族和一个时代的"圣书"。反之,这一同义语就成了无实体作品:

---

① Flaubert,给路易丝·科莱的信,1853 年 3 月 27 日,《书信集》,第 2 卷,第 285 页。

不再作为教堂式作品,而是荒漠之书,"关于虚无的书",将词语和思想融入其中,并用风格的单一力量为整体赋予稳定性:"我认为美的事物,我所愿意创造的,是一本关于虚无的书,没有外在的束缚,用风格的内化力量维持自身状态,像是离开了大地的支撑,被暴露在空气中,这是一本几乎没有主题的书,或者几乎看不见主题,只要有这样的可能。最好的作品是那些使用材料最少的书;表达越是与思想靠近,词语便越是贴切并不留痕迹,作品就越出色。我相信,艺术的未来就在这样的轨道上。从埃及的塔门一直到哥特式的尖拱,从印度的两万行诗到拜伦的一气呵成,随着艺术的发展,我发现它在尽可能地自我麻醉。形式(forme),在日趋熟练的同时,也日趋缓和;形式脱离了所有仪式、所有规则以及所有标准;形式因小说而舍弃了史诗,因散文而放弃了诗句;它不再需要正统的观念,它像每个产生它的意志一样自由。物质性的解放完全实现,摆脱了曾经从东方专制政府到未来社会主义始终跟随着它的政权。

因此,主题不分美丑,我们几乎可以从纯粹艺术的视角,建立一种公认的原则,没有任何主题,风格就是看待事物的绝对方法①。

---

① Flaubert,给路易丝·科莱的信,1852 年 1 月 16 日,《书信集》,第 2 卷,第 31 页。

这封信"深入人心",足以让我们不再纠缠于两难问题的术语。然而它提出一种再现诗学的替换(relève),同样源于黑格尔曾在二难推理替换观念中的进退两难。替换应当走出诗歌,来到哲学与科学的散文中,否则它将会消失于想象的漂泊,为使平庸的世界变得诗意化而筋疲力尽。对黑格尔而言,"物质性的解放"实现了他所谓的艺术材料的取消。福楼拜拒不接受这一结论。散文的时代是一个新诗学的时代。不过这种新诗学原则上并没有最初看起来那么简单。因为它以物质的形式存在:物质的"解放"最终就是它的消亡。拜伦的"一气呵成"并非诗歌的最终实现。"纯粹"形式不是随意决定主题及创作方法的主观自由表达。风格不是诺瓦利斯或让·保尔的魔法师-破除魔法者的自由幻想,即将平庸的现实投射到诗歌的宇宙中。风格是"看事物的绝对方法"。这种平凡的意象同时包含了一种变革以及该变革带来的矛盾。它首先从内部颠覆了再现的原则:文类性原则和得体原则的有机结合。风格不再是巴托时代使体裁和人物说话方式相匹配的风格,巴尔扎克用夸张的讽刺手法体现了这一匹配:说黑话的骗子,讲土语的奥弗涅人,以及带有德语口音的银行家。风格既不再是人物和境遇的匹配,也不再是适用于某一体裁的文饰、措辞或象征的系统。风格是"看的方式",也就是说它是一种观念的构思,在巴托那里,这种构思曾用于写作的初级阶段,而在巴尔扎克那里,它是使书写产生缺憾的观看。写作就是看,变成眼睛,把事物放在视线的纯粹环境里,也就意味着放置在观念的纯粹环境中。写作是一种看的"绝对"方式。福楼拜坚持隐喻的精确,例如词的误用(或隐喻)意义超出词的严格意义。于是需要为这些术语赋予一个有效而又系统的意义。"看事物的绝对方法"首先是一种看的方法,事物除了与"看"的关联外,再无其他关联,没有脱离"观念"而对"事物"产生的理解,即脱离事物可见环境的显现。风格在取消一切物质材料时,显现为自由意志。而这种至高无上的自由很快与其对立面同化。"看事物的绝对方法",不是随便从什么角度,按照事物的意志去安装一块大小合适、变形或染色的玻璃所采用的方法。相反,它是在事物的"绝对性"中,看到事物所应该呈现的样子的方式。

"绝对的"意味着解除的。事物在这种"看的方式"中解除了什么?我们可以给出明确的答案:定义了再现体裁并支配着适当"风格"的特征和行为之间关联的形态。事实上,支配再现虚构的得体系统并不仅仅涉及公主、将军或是牧师,这些人在表达感情或是适应某种境遇时的方法。得体系统和真实性系统基于确定的思路,即何种情形引发何种感情,何种感情引起何种行为,何种行为又会产生何种结果。该系统建立在事件或感情、进行思考和说话的主体、付诸情感的或积极的主体所产生的观念上,建立在使这些主体产生行动的原因,以及这些原因所导致的结果上。简而言之,它建立在某个本质观念上。基于这一观念,事物在风格的绝对化中被解除。事物从现象,以及定义再现世界的现象二者之间关系的再现形式中被解除。事物从产生它的本质中被解除:从个体的再现形态以及个体之间的关系中;从因果关系和推理的形态中解除;总之,从意义的整个体系中被解除。

被绝对化的风格并不是句子本身的诱惑。不要被作者的方式所迷惑,"写书仅仅是写句子,就像活着不过是在呼吸空气"。① 句子的力量确切地说不过是呼吸某种"空气",《包法利夫人》中的句子中所产生的可以呼吸的空气,在《圣·安东尼的诱惑》(Tentation de Saint Antoine)中,曾经是启蒙之旅的目的。伟大的诱惑者是个特殊的魔鬼。在《雅典娜神殿》时代,小施莱格尔曾向朋友建议,在斯宾诺莎理论中重新认识"一切幻想的开端和结果"的认知,伟大诗学的现实主义哲学原则。福楼拜必定没有读过"关于诗歌的谈话",而他的斯宾诺莎思想展示出了浪漫主义时代带有泛神论色彩夸张讽刺的精彩。但他没有在原则上犯错。福楼拜的"现实主义",即浪漫主义诗学的现实主义的文本,正建立在"理想与现实和谐"②的独特的斯宾诺莎理论形式上。在《诱惑》的重要情节中,魔鬼引诱隐士在空间中奔跑,让他呼吸这巨大空洞的"空气",从此他便能在事物的"绝对性"中

---

① Flaubert,给路易丝·科莱的信,1853 年 6 月 25 日,《书信集》,第 2 卷,第 362 页。

② F. Schlegel,"关于诗歌的谈话"(Entretien sur la poésie),载 P. Lacoue-Labarthe 和 J.-L. Nancy,《文学的绝对》(L'Absolu littéraire),前揭,第 314 页。

看到它们。这一空洞不是虚无。空洞也是存在,在存在中,空洞的特性被剥离,或者说在存在中,特性不再与实体脱离,性质的存在也与偶然能力的确定性密不可分。神圣的形而上学诱惑带来了绝对化诗学风格的准确原则。这个风格不是形式和句子支配者的绝对权力,从普遍意义上说,也不是个体自由意志的表现。相反,风格是一种去个性化的能力。句子的功能是个性化新形式的表现能力:它不再作为再现诗学的"特征",如伏尔泰所规定的协调严密;也不再是表达诗学的"象征",即造就肉身的圣言的象征,类似黑格尔或雨果所遵循的转化——从言语到石块或从石块到文本的转化。魔鬼在服务于创造躯体的圣言时,对抗着一个世界的神性,在这个世界中,个性化只不过是物质的情感,并不属于个人,而是偶尔由这些"在永恒振荡中交错、分离并反复所集合的原子"的波动组成。"看事物的绝对方法"是表现这种振荡的能力。它和遗失的经验等同,即"偶然的"碰撞所表现出的放大的经验,或个体性的经验。魔鬼提醒隐士:

> 无论你选择停留在什么东西上,一滴水、一枚贝壳、一根头发,你只需静止、专注,内心便可敞开。
>
> 你所注视的对象好像要侵占你,当你服从于它,一些关联便建立起来;你们相互依靠,彼此依存于无数细微的粘连;因为看得太久,你便再也看不到什么;你倾听,却什么也听不到,你的灵魂,最后会失去这种特殊性的观念,而正是

特殊性让灵魂保持警觉。①

散文诗是可以实现的,因为"社会散文"本身只不过是肤浅表面的秩序,其中酝酿着巨大而混乱的力量。平庸的现实无需诗意化。平庸的现实将自身的分解展现给注视它的目光。世界在令人赞叹的句子中流逝。艺术家在其作品中的存在,与"上帝在自然中"的存在一样,由它的流传组成。艺术家的存在在于作为这种分解的媒介。风格因为首先是"观念"的问题,因而仅仅是句子的问题。不存在文学的纯粹语言,只有作为观看秩序的句法,即再现的无序。在黑格尔对百姓的书的实体诗学和不受约束的想象诗学进行比较的本质层面,主观的和客观的,有意识的与无意识的,个人与集体的浪漫主义关系,被汇聚到以新特性为体制的观看的风格-方式关系中。于是斯宾诺莎的参照具有了操作价值。它在虚构中提供了一种变革的准则,即本体论的推翻和再现系统的心理学革命。替代个体类型、情感结构或行为控制的,是通过无限的洪流,使原子波动旋转的被绝对化的风格,感知和被解除的感情力量,迷失的个性,作为观念本身的"巨大痛苦"的力量。理念不再是再现系统的"模型",而是观看的中心,是一种生成-客观,在其中,观察者的位置与被看到的人重

---

① Flaubert,《圣·安东尼的诱惑,第一版》(*La Tentation de saint Antoine, Première version*), Paris, 1924,第419及417页。

合。这恰是在《包法利夫人》的结尾,夏尔与罗道尔弗相遇的场景所体现的两种诗学的对立:善于处事的情人相对于糊里糊涂的丈夫所处的优势,转而成为旧诗学在新诗学面前的失利。夏尔想听听罗道尔弗与爱玛相遇的故事,罗道尔弗却假装没听到夏尔的问题。罗道尔弗看到夏尔所怪罪的"命运"正是他引以为荣的部分,他感到滑稽,因为对他来说这一切得心应手。而罗道尔弗的自鸣得意不过是旧诗学追随者的天真,就像郝麦(Homais)在镜子前重复的虚荣:我思故我在(cogito, ergo, sum)。"因为他完全不理解这种为了得到满足而(偶然)扑向事物的贪婪的爱情,他不懂傲慢的空洞激情,不遵循人道和良心,完全臣服于被爱的人,霸占着对方的感情,心旷神怡,依仗着广阔和无人情味、几乎触及到纯粹的理念。"①

"进入理念",就是将目光和句子的力量与这种纯粹理念的消极状态相一致,出于"占有"的爱情的"贪婪"。艺术家意志的"自由",就是艺术家的行为、纯粹目光的生成,以及"触及到纯粹理念"的激情之间的重合。认知的生成-客观和激情的生成-客观之间的等同定义了诗歌的"中心"。这一中心不再是从诗人到公共信仰对象的黑格尔式的实体关联。也不再是通过绝对的

---

① Flaubert,《包法利夫人》(*Madame Bovary*),《未出版片段》(*fragments et scénarios inédits*), Gabrielle Leleu 编, José Corti, 1949,第 2 卷,第 587 页(这部分在小说的定稿中已不存在)。

"我"的纯粹想象,投射到一切毫无诗意的现实上的有魔力的氛围。艺术家的"自由意志"等同于进入这种沉沦于客体的激情,进入到这些感知与爱恋的无穷,以及创造"一个"主题和"一份"爱情的原子组合的无限延伸。自由意志是"对上帝的理智的爱"(amor intellectualis)和激情,而激情本质的"愚蠢"是与纯粹理念的荣耀相等的。该一致将新的基础赋予了由浪漫主义诗学所要求的形式与理念的不可分离性。但这种赋予是以颠倒视角为代价的。事实上,黑格尔的客观主义与思想家以及《雅典娜神殿》的诗人的主观主义之间的对立,最终,建立在同一个根本的前提:将这一内在关系与化身肉体的圣言的原型相同化。美学的理想性是感性核心中意义的出现,是处于缄默中的言语的出现,并一直走到它的最终形式。金字塔的笨重,无法表达神性,相反,任何内容的破坏性讽刺都曾经是圣言的化身。理念的力量曾是化身的力量。这种力量是有形物的品质中意义的闪光在场。而当福楼拜的"自由意志"与主题的绝对剥夺相同化时,理念的概念本身便发生转向了。理念严格意义上是一切规定性与非决定论的力量的相等,它是一切意义的生成-反常。美学理想曾是意义的成为-有形物与有形物成为-意义之间的相符。美学理想现在颠倒过来了。它成了变得反常的意义与变得淡漠的有形物的相符,与"隐藏的和无限的无动于衷相符"。[①] 黑格尔认

---

① Flaubert,给路易丝·科莱的信,1852年12月9日,《书信集》,第2卷,第204页。

为,形式的传统"可塑性",必须以史诗世界的伦理"实体性"为前提,与观念和材料的分离关系相对立的,是埃及象征主义的笨重性(massivité)或是浪漫主义反讽渐趋消失的特征。作为这种失却的希腊化(hellénité)的代替,福楼拜创造了"埃及的"浪漫主义,从理念的消极到语句的文采关系,正好类似于巨大的空洞、埃及的荒漠和严肃态度的高贵,或是衣衫褴褛的身上佩戴着的发光的首饰之间的关系。①

"自由意志"的美学骤变,对愚蠢激情的"纯粹理念"的服从,相较浪漫主义诗学而言,完成了与哲学唯心主义所经历的相同转向。哲学的唯心主义转向,是当叔本华颠倒"意志"一词的意义时,为使意志在实现目的之后,不再意味着普遍主题的自治,而是在再现的世界下,在理性原则下,坚持未确定的重要根基。这并不是去假设某种"影响"。"关于虚无的书"的作者并不知道荣耀仍将来自"佛教"哲学。但小说家的斯宾诺莎主义,即1830年代带有浪漫主义泛神论色彩的斯宾诺莎主义,在1840年代,

---

① "我看见舞者,身体随着棕榈叶察觉不到的节奏和激情摇摆。这只眼被深深地充盈,那里有涂料的厚重,好似浸泡在大海中,只传达安逸,安逸与空无,就像荒漠。(……)命定的感知将它们填补,人类虚无的信念给他们的行为、姿态、目光赋予了一种荣耀与顺从的特征。宽松的和与所有动作交织在一起的衣服总是与线条勾勒出的个体技能、与色彩染出的天空相关。然后是阳光!阳光!吞噬一切的无限的烦忧(……)。我想起一位沐浴者,左手持一只银镯,右手则起了泡。这才是真实的东方,诗学的东方"。(Flaubert,给路易丝·科莱的信,1853年3月27日,第282—283页)

具有了佛教的"虚无宗教"色彩,为了达到与美学沉思一致,恰好与哲学所乞灵的事物结合,就像理念的认知,与以永恒的名义(sub specie aeternitatis)[①]的认知相结合。它完成了与"理智的直觉"相同的转向。后者从"我 = 费希特式的我"之主观主义,来到了上帝理智的爱之斯宾诺莎客观主义,仅仅通过赋予这位上帝一个缺席的形象,并赋予这种爱一种被动的特征。小说家也完成了同样的变革,但变革不是外来哲学的借用,而是作为浪漫主义问题立场严肃的唯一解决途径:将小说与想象的史诗等同,产生一种失却的浪漫主义古典性的现代替代品。福楼拜的书信中提出的理论建议,绝不是自学成才者的斯宾诺莎主义的含糊表达。他的建议明确地提出了文学的形而上学,在反再现的形而

---

① "当人们忘记自己个体的时刻,当人们只作为纯粹主体,作为客体的明镜时,一切的发生就像客体孤独地存在,没有人看到它,无法区分直觉本身的对象及这样或那样的直觉混淆成一个唯一的存在,一个被唯一而直观的实现占有和填充的唯一的意识;当最终客体用非客体摆脱一切关联,而主体用意志摆脱一切关联;于是被认知的,不再是因为特别而被认识的特殊事物,而是理念,内在形式,意愿的瞬间客观性;因此在这一级别上,在这种凝视中,狂喜的不再是个体(因为个体消亡于这种凝视中),而是纯粹地认识主体,摆脱了意志、痛苦以及时间。我很清楚,这一看起来出人意料的主张证实,出自托马斯·潘恩的名言:'从崇高到可笑,只有一步之遥'";但多亏了后来它变得更透明,也没那么古怪。同样,斯宾诺莎一点一点发现,当他写道:以永恒思想,则思想永恒(mens aeterna est, quatenus res sub aeternitatis specie concipi)(叔本华,《意志与表象的世界》[*Le Monde comme volonté et comme représentation*],PUF,1966,第213页)。人们在这一段中注意到从崇高到可笑同样的接近,即在《包法利夫人》的结尾夏尔这个人物所体现的。人们也会发现这一"意志、痛苦以及时间的消亡",将要显示普鲁斯特的主显的特征。

上学中,转而成为反再现诗学结构紧密的基础。正是在这里,"石块之书"的诗学转变成了石墙与"西藏的"荒漠诗学。这一意义与感性表现之间关系的转向,简单地说,既不是类似布朗肖所思考的作品的"闲散"经验,也不是萨特所比较的资产阶级进步主义的"虚无主义"转变。福楼拜在用思想与小石块的一致代替诗和教堂的一致时,消除了文学的诗学和其神学之间的差异。他积极地建立一种文学,作为史诗的乡愁与幻想空泛的沾沾自喜之间二难困境所拯救的浪漫主义现代性的实现。

在小说家的实践和艺术家的意识之间,通常被援引的差异其实并不存在。热奈特在评论福楼拜的叙述中仿佛凝固的沉思时刻时,谈及"这个从话语到它沉默的背面的转移,而今对于我们,就是文学本身"。而热奈特认为,这一转移的显示,只不过是沉默的间隙通过打断行为和人物、事件和情感的古典叙事逻辑完成的。总之,福楼拜在不知情的情况下创造了我们的"文学"。其实,"他的文学意识曾经并不是、也无法达到他的作品和经验的水平"。[①] 但在行为与中断的时间的直线逻辑之间并不存在对立。这些时刻——情感与自主感知的转瞬即逝的构成——其实甚至构成了人物的"感知"以及他们所遭遇的"事件"的结构。因此,这不是一个困惑的中断,相反是由"沉默"的间隙所产生行

---

① G. Genette,"福楼拜的沉默"(Silence de Flaubert),《修辞 I》(*Figures I*),Éditions du Seuil, 1966,第 242 页。

为的决定性促进,这些"沉默"的间隙,在《包法利夫人》中,则是夏尔与爱玛之相遇的构成。

> 他们先谈论病人,然后谈论天气,寒冬,在田野里奔跑的狼群。卢奥小姐在乡下过得并不开心,尤其是现在基本上都是她一个人在负责农场。房间里很冷,她边吃东西边哆嗦,会让人发现她嘴唇有点厚,沉默的时候,她还习惯轻轻地咬嘴唇(……)。
>
> 当夏尔下楼跟卢奥老爹道别之后,临走前又回到之前的房间,看到她站在窗前,额头抵着窗户,望向花园,园中的菜豆架被风刮倒。她转过身问:
>
> "您在找什么吗?"
>
> "对不起,我的马鞭。"他回答。
>
> 他开始在床上,门背后,椅子下面翻找:马鞭掉在麦子口袋和围墙壁之间的地上;爱玛发现了马鞭;她伏在麦子口袋弯腰去捡。夏尔,出于讨好,快步上前,同样伸出手,他感觉到胸腔触到了她的背。她红着脸站起来,看着他的肩头,将牛筋鞭子递给了他。
>
> 他本来答应三天后再来贝尔托,结果,第二天他就来了(……)①

---

① Flaubert,《包法利夫人》(*Madame Bovary*),Garnier-Flammarion, 1986,第75页。

小说家在这里完全清楚自己的意图,在同一个不确定的体系中注入陈述和感知;将夏尔固定在对爱玛的凝视中,而爱玛则全神贯注地凝视着被吹倒的豆架;用一个毫无准备且没有任何象征的找东西行为打破这种凝视;或者删掉描写夏尔沉思着折回的段落,没有解释原因,但向我们展示了背部与胸腔接触的实现。作者用情感与感知的纯粹组合构成的爱情,代替了激情传统的手段和表现:厚嘴唇,望向窗外的视线,身体的轻触,眼神的交汇,羞红的脸。福楼拜用一种特殊的无序,或是在爱玛的目光中被吹倒的豆架所证明的高级秩序,取代了天然的再现秩序,而那目光中的场景就像在证明,通过小说家的视线,沿墙种下的果树被冰雹破坏。① 爱玛凝固的目光没有中断行为。它注视着内心:这种事物"隐秘且无限的无动于衷"是书本和浪漫主义的语句中,人物的"贪婪激情"和平静感知的共同中心。小说家知道他在创造什么,哲学地说:是用一种秩序代替另一种。他也清楚他为此所使用的方法,这也是普鲁斯特和其他几位作家所提及的句法转向:自由使用的迂回的风格,不再为了使一个声音通过另一个去说话,而是为了抹去声音的所有痕迹;未完成过去时的使用不是作为过去时间的标记,而是作为意识的现实与内容之

---

① "我注视着被吹倒的豆架也并非毫无乐趣可言。花朵被碾碎,菜园乱成一团。看到这片人为的整洁只需五分钟便被破坏,我欣赏的是在伪秩序中自行建立的真正的秩序。"(Flaubert,给路易丝·科莱的信,1853年7月12日,《书信集》,第2卷,第381页)

间差异语式的休止;代词复指的涵义("他开始翻找……它掉在……")或是起孤立作用而非连接作用的连词"和"(et)的不稳定作用。和过去产生天才的"愚蠢"作品同样的方法,刻意地实现了有意和无意的一致,这是一种句法的反句法运用,它扰乱了作者惯常的能力:区分客观和主观,在行为或情感之间加入因果秩序,使次要服从主要。于是浪漫主义艺术家的"自由意志",就这样与迷失于客体凝视的被动状态相一致。就这样,被吹倒的豆架的反常所被动吸引的爱玛的形象,便变成了类似被神性的集体意识所赋予生命的希腊式的可塑形态。

其实在叙述与使叙述中断的"文学的"沉默的直线中并没有脱节。只有一条单一的线,正是在这条线上演绎着矛盾。因为线条在每一瞬间都有偏离的危险,变成作者的炫技或是俗世散文的平淡。语句不代表一切。风格完全位于"主题的概念"中,在这条应当串起珍珠项链的"线"上——或是在施莱格尔花环的碎片中。《圣·安东尼的诱惑》肆意地挥霍了这些珍珠。需要"主题的概念"将它们串起来。每个句子或句子的每个连接仅仅与这种"概念"有关,并揭示出其中的矛盾。因为事实上"概念"是合二为一的事物:戏剧行为的传统表现,由再现的系统决定,也由这个系统拆解:这种幻想的能力在不易察觉中,通过一个又一个句子将它呈现出来,为了在社会传达和普通叙事布局的平庸文风下,有序或无序的诗的散文被感受到:情感和敏锐感知的音乐,一起被搅入无止境的无动于衷的巨大洪流。"概念"确切地说是两种诗学行为的矛盾。这也是为什么音乐这个字眼在这里不只是隐喻,福楼拜的名句需要句子的音质去证明观念的真实,而这也不只是唯美主义者的心血来潮。① 它们重新表述的其实是文学的构成性矛盾:"关于虚无的书"想要超越的矛盾。

在动摇表达系统结构的同时,观看的风格-方法意欲清除矛盾,将浪漫主义写作的主观性与视角的客观性相统一。该统一只是让每个句子在叙述的句法和沉思的反句法中保持平衡。叙述的线并没有被沉思的时刻所切断,它甚至是由这些时刻组成的:再现的叙述由反再现的原子构成。而反再现的艺术有一个名字:叫做音乐。叔本华说,音乐是"意志"的直接表达。它再一次,无需去阅读,只需要成为一位矢志不渝的浪漫主义艺术家,去寻找这一风格作品中相同的逻辑,而风格不受约束地完成了艺术的"意志"。福楼拜的"可塑的"理想打算从灵活舞蹈的原子开始,重新建立史诗的客观性。但这种舞蹈是无法描述的。它只能作为语句的音乐被倾听。正是在这一点上风格的职责适应了福楼拜著名的"吟颂"(gueuloir)②。风格完全处在"概念"中。但创造自己句子的作家总是不断地抱怨自己在他所写的东西中什么都"看不见"。于是便需要检验视线的真实性缘何看不见句

---

① 参见"构思越好,句子就越掷地有声",或者"如果我发现在我的句子中有不好的迭韵或重复,我敢肯定那是我的问题"(给勒鲁瓦耶·德·尚特皮的信,1857 年 12 月 12 日;致乔治·桑,1876 年 3 月)。

② Gueuloir 一词源于法语 gueuler,有大喊大叫,高声吟唱之意。——译注

子的声音。巴尔扎克的"专家"的"观看"贯穿小说的书写。福楼拜风格的视线则与看的行为相同化,但前提是使句子变得不可见,使它成为音乐。"看的理想方法"并不是去看。它应当是去倾听,就像倾听构成浪漫主义"历史"的反再现的原子所谱写的音乐。看的风格-方法使再现的逻辑消失,也应在变成音乐的同时,让这种消失不被察觉:无需讲话却在言说的艺术,无需讲话却想言说的艺术。可塑的最佳形式曾经使关于虚无的书中的句子可与希腊的雕塑相比拟,而今它与音乐的缄默同化。但这种缄默本身走向一个边界,在那里,它变成了日常言语的平淡无奇。卢奥小姐为了询问医生在找什么而走出凝视,但我们并不知道医生在找东西,卢奥小姐让整个因果世界瓦解。但为了让爱情在这种瓦解中存在,必须沉湎于毫无意义的对话:"她转过身。'您找什么吗?'她问。'对不起,我的马鞭。'他回答。"原子的舞蹈只不过是消散的音乐。双重沉默的音乐将平淡的叙事陈述("她转过身")之前(吹倒豆架的场景)的凝视情节,与之后的简单的对话分隔开来。

黑格尔的二难推理于是以一种双重方法重现。理念的新"造型"想要恢复小说遗失的客观性,于是它在对黑格尔来说曾作为空洞的内在性艺术的音乐中解体,艺术将它的缄默——即将构思表现为画面的无能为力——与在发声方法的客观性中最为内在的主观性的直接表达相统一。通过截然不同的道路,风格的客观主义与"幽默"的主观主义殊途同归:表现理念的共同之处在这里亦是无限的。但艺术的无限性在福楼拜那里,没有再经历黑格尔所谓的自我的展示。相反它经历的是其生成-不可见,它与沉默的书写最无声的认同。也是由此,理想风格进入到一种新关系——与沉默-多语的书写更为本质的同谋关系。这并不是摆脱,而是用让·保尔的方式进行完善的同时,风格的差异与流浪文学的民主相匹敌。也许让·保尔时代的批评比萨特的更易领会。萨特将福楼拜书写中的缄默与矿化性(minéralité)归于1848年之后资产阶级后代的虚无主义贵族气质。像萨特一样,他们标志着四八年前后的对立,但他们所看到的,在被抛弃的伟大乌托邦之后到来的,并不是虚无主义唯美主义者的"沉默的纪念柱",而是赤裸的民主,平等的统治。在爱玛的文化和使她愉悦的狂热欲望中,它们形成了象征;而它们只有在这种书写的平等中才能被实现,书写的平等给予了一切人和事同样的重要性以及同样的语言。① 巴尔贝·多尔维利说,碎石工的风格,并不是将矿物的主题与唯美主义者的贵族气质相联系,而是与工人行为的重复性联系,但他并不知道在他之前小说家已

---

① A. de Pontmartin 在他的文章(《资产阶级小说和民主主义小说》[Le roman bourgeois et le roman démocrate: MM. Edmond About et Gustave Flaubert])中宣告了这一不可避免的平等建立在"好与坏,美与丑,大和小,鲜活的创造和不可见的客体,灵魂与材料中"(《新星期六闲谈》[*Nouvelles causeries du samedi*],前揭,第326页)。福楼拜在《布瓦尔与佩居歇》(*Bouvard et pécuchet*)的结尾,意味深长地使用了这一表达:"万物的平等,好的和坏的,庸俗的和崇高的,美的和丑的,微不足道的和具有特征的。"

经使用了这样的隐喻。①

也许,这些批评也标志着理想风格与沉默-多语书写的民主的特殊联系。如果"风格之书"中的典型人物是民主的"平等"的主人公,只要他们代表着在文字中迷失的孩子:爱玛·包法利是薇洛妮克·格拉斯林的姐妹,因为她是通过对《保罗与维尔日妮》的阅读,才从自己的境遇中解脱出来。布瓦尔和佩居歇通过他们的模仿天性,在唯一一次对文字的模仿中,使堂吉诃德的寓言变得更激进,他们竟用违抗化身为寓言的意义。但福楼拜无法再像塞万提斯以及塞万提斯之后的斯特恩或让·保尔那样,用人物去表现浪漫主义的大师艺术。他也无法接受巴尔扎克的舍弃——将生活的"真实"书写搬上舞台,与小说的文字进行对抗。风格的写作于是就是与沉默-多语的书写分隔开,为了让音乐在沉默中回响,而让自己的喋喋不休住嘴。什么是"仔细描写平庸",如果不是在喋喋不休中让人们听到使多语反复的沉默。在《包法利夫人》中倾心刻画《金狮酒店》(Lion d'or)的场景,就是在无可救药的愚蠢中,描写旅馆客人毫无意义的寒暄;一条一条地解开联系,这些联系让豪无意义变成有价值的意义,并且将这种空洞转变为另一种荒芜。这是在昏暗中展现出东方广袤荒漠的空洞,在万物的中心呈现巨大烦扰的空洞,并去填补这一

---

① "走吧,前进吧,不要瞻前顾后,像工人那样,艰苦劳作。"(Flaubert,给路易丝·科莱的信,1853 年 3 月 27 日,《书信集》,第 2 卷,第 287 页)

切。关于虚无的书将俗世的愚蠢变成艺术的愚蠢。它难以察觉地撩起语言的一大片平静——它自言自语——俗世的愚蠢——为了让书本中的语句和人物无声的生活作为唯一的也是共同的表面障碍存在,由另一种文字所讲述的"阴暗、潮湿而伤感的灵魂",就好像是被青苔吞噬的外省的后院。夏尔与爱玛的爱情就是来自这愚蠢的表面一对一的障碍,也就是来自在各自面前笔直前进的共同语言,并早已提前为他们说出口。但单一的空洞将每个人从日常结构的障碍中分离,当爱玛在郝麦的告白下,在地上休息时恢复了这些障碍,"贪婪的激情"几乎"按照夏尔的单纯想法"去触及,又将在罗道尔夫的最终裁定中消失。而给了他们存在机会的小说家,就像在郝麦的喋喋不休中插入的沉默的括弧,小说家自己应该在每一瞬间抹去使他们存在的差异,还给他们语句,伟大爱情和巨大烦恼的句子,以及与司空见惯的愚蠢相类似的句子。缄默仅在重复沉默时,才会在闲言碎语中反复发声。

就这样人物的命运变成了书写本身的命运。风格,一行一行地产生出空洞的差异,而风格本身正是在空洞中消失。风格最终的实现正是它根本的消除。在《布瓦尔和佩居歇》的结尾,在书中迷失的两个童心未泯的人重新回到了他们抄写的工作。而他们所抄写的不是随便什么内容,相反,是他们的企图:他们曾想实践那个时代的科学;他们重抄愚蠢的百科全书,将这种毫无意义的散乱实践作为书写材料,那些作者为了创造他们两个人物而抄写的内容,作者重新抄写了他们的自主存在的中止与消失。他们搞砸了他们的和作者的书。在这条路上,他们自然而然地重新找到了文学性的典型寓言,碎片式的书的寓言。但这一寓言变得激进,并在它的激进化中牵动着文学本身的设想。应该是在小说的第十一章中,布瓦尔和佩居歇买了一家破产的造纸厂仓库,为了在那里抄写一行行烟草锥形线、旧报纸和他们偶然收集到的遗失的文字。他们在诊断他们疯狂疾病的医生报告中无法自拔,并决定也抄写它。抄写本的语句于是将他们"荒诞"反应的描写,与斯宾诺莎的伟大诗学以及与碎裂的小石块相等同的最终暗示相比较:"让我们继续抄写吧。纸张应当被填满。抄写万物的平等、善恶、玩笑话和典雅的文笔、毫无意义和具有特点、统计学的狂热。那里只有事实和现象。只有终极而永恒的快乐。"布瓦尔和佩居歇回到他们的案台,从沉默和多语的文学世界中逃离的幻梦破灭;他们最终也消除了风格在文字的多语和沉默之间所书写的每个句子难以察觉的差异。作家于是成了抄写者的抄写者,他本身也抄写愚蠢的话,也是作者打算摆脱的愚蠢。观看的理想方法为这种愚蠢留下了遗言,为这个曾经无法参透的平庸世界立下了遗嘱。

第九章

理念的书写

"书写"回应了浪漫主义诗学矛盾,却遭遇了自身的劳而无功。"这风格是绝妙的,但偶尔由于奢华的裸露又几近虚无",这是马拉美对《布瓦尔和佩居歇》的评价。[①] 如何看待这种奢华的裸露——华丽与空洞之间壮观的对等最终的转变? 马拉美在"这位伟大的艺术家的主题中"找到了一种反常。但这种反常究竟由什么构成? 只有当自然主义者龚古尔和反自然主义者巴尔贝共同指责福楼拜时,它才构成了主题独一无二的"平淡无奇"。这里的问题不是"自然主义"。《家常菜》(*Pot-Bouille*)或《娜娜》的庸俗,激化了象征主义者对唯美的兴趣,也包括自然主义者龚古尔的兴趣,而我们知道,这些作品却得到了马拉美的包容。也

---

① 给古斯塔夫·卡恩的信(Lettre à Gustave Kahn),1881 年 1 月 13 日(《书信集》,Gallimard, 1969,第 2 卷,第 220 页)。

许文学使命对马拉美来说,高于让我们在想象中触摸娜娜皮肤上的痣。① 但娜娜闺房的描写,或者帕哈度(Paradou,左拉的花园)的花朵,雷阿勒的货摊或是《梦》(Rêve)中玻璃窗的描写,在主题的"平等"中,实现了表达原则的一致。左拉从未提出过散文诗学的问题,他遵从着建立浪漫主义诗学的象征性原则,用《巴黎圣母院》的方式让事物说话。这一表达性原则毫不费力地重复着对过去的叙事,它是现实中理想的韵脚。自然主义为浪漫主义形式提供了成为折衷形式的方法:新诗学矛盾原则之间的折衷,并借此实现旧的和新的诗学之间,虚构再现的优先和表达的反再现原则间的折衷。总之,这是旧的叙事与著名的"生活的侧面"②所概括的浪漫主义"碎片的花环"之间愉快的和谐。

相反,"关于虚无的书"的表达,注重的是福楼拜对散文诗学的要求,引出了完全不同的问题。风格统一的观点,试图用表达的重要性去鉴别主题的无差别。这种观点基于无法再与社会散文区分的不可识别性,于是减少了叙述的音乐化重复。风格和主题建立在无差别的唯一原则上,该原则从内部干扰并破坏了语言差异的根本原则。纯粹风格在用词语靠近思想时,在无生气的层层覆盖中与其对立面难分难解,于是风格形成了极致的

---

① 参见《马拉美访谈》,发表于 Jules Huret,《文学革命访谈》(*Enquête sur l'évolution littéraire*),repr., Éditions Thot, 1982,第 79 页。

② 参见 1876 年 3 月 18 日马拉美关于《卢贡大人》写给左拉的信(《书信集》,前揭,第 2 卷,第 106 - 108 页)。

考究:"书写平庸的,不好不坏的发挥"就像报纸摊开的纸张上"粗糙的斑驳"。主题的畸变是绝对化的散文畸变,后者以艺术的散文与愚蠢的散文的一致去实现。两个傻瓜通过阅读、实验和书写,重复着一个世纪愚昧的伟大形象,这个故事在极致的滑稽模仿中消解了作为诗性本质的语言的重复。在使浪漫主义诗学的两条原则一致时,风格的绝对化和语言的潜在功能呈现于万物之上,关于虚无的书之诗学则将它们一并消除,并把它们一一重新引向马拉美所说的"万能的报告文学"的平淡无奇。

为了理解绝对的风格所提出的问题以及马拉美的判断隐约触及的问题,应当认真衡量这一对抗。因为绝对的风格和风格的缺席最终走向一致,将"文学的特性"问题摆在了激进的层面,而这一层面为疑难所提供的解答,旨在将它与不曾向普通散文有任何妥协的文学对立。福楼拜在将文学原则的矛盾与其对立面靠近时,解决了这一矛盾。对差异的重新记载被迫要将矛盾集体搬上舞台,而正是这些矛盾让文学在它自身的无法实现性中生存。马拉美所认为的"大写书"(Livre)的无法实现性既不是特殊的神经构造记录,也不是与写作观点紧密联系的形而上学灭亡的实践。它是矛盾回旋的上演——当文学想要避免散文式的缺失,并从文学唯一一次对"万能的报告文学"破例时所划分的坚决界限时,文学投身于这一矛盾的回旋。

唯一仍不容忽视的,事实上不过是为"文学问题"——由象征主义的词汇所概括的问题——提供答案的可靠系统明确证据与矛盾无止境的回旋间的差异,而想要将"文学问题"变成系统的作品原则,就必然陷入这一矛盾的回旋。话说回来倒也简单,茹尔丹(Jourdain)先生①的训诫看起来就毫不费力地适应了这样的原则。是诗歌就绝不会是散文。为了指出文学或诗歌的差异——即把文学特性与诗歌的新内涵等同起来——只需要从平凡的事件和散文语言中分离出它的主题和语言。这就是那个时代"不可否认的欲望",当马拉美为勒内·基尔(René Ghil)的《言词研究》(Traité du verbe)作序时,他便成了代言人。应当"根据不同的权限去区分言语的双重状态"。讲述、教授和描写的任务与言语的"天然或直接的"状态相对应,沟通和准确交流的功能以赋予语言符号以货币符号的单纯功能为最终目的。"为了把原始的事实变成在震荡中几近消逝的事物,这一转变的精妙重又回到本质状态(……)为了从中产生纯粹的观念,而无需经历短暂的或具体的回顾之苦。"②

要让文学原则结构紧密,像信息、服务、财富的交流语言的特殊原则一样,同时赋予诗歌"一种理论以及一个领域"。③ 福

---

① 莫里哀的《贵人迷》(Le Bourgeois Gentilhomme)中的人物:茹尔丹先生最大的愿望就是成为一个有品味的人,具备鉴别美与丑、艺术与非艺术的能力,他不仅是伏尔泰所说的"想当贵族的小资产阶级",同时也是一个想变得有品味的没品味的人。——译注

② "勒内·基尔《言词研究》前言"(Avant-dire au *Traité du Verbe* de René Ghil),《作品全集》(*Oeuvres complètes*),Gallimard,1945,第857页,"诗句的危机"(Crise de vers),同上,第368页。

③ "音乐与文字"(La Musique et les Lettres),同上,第646页。

楼拜风格的信仰曾经是以守护的圣像,沙漠的圣像,修士安东尼和布道者约翰的形象出现:他的信仰有教义却没有领域。更糟的是,教义禁止他进入任何专门的领域。福楼拜说,有一天我找到了我的主题,你们就会看到我将演奏怎样的曲调。在等待中,他耕耘着现实的异乡土壤,用系着铅球的指节弹奏。但由于他将纯粹风格的理想性与无差别原则相联系,致使他永远无法找到"他的"主题,他最终来到"艺术的顶点",是对两个愚蠢者的抄写之抄写。为了让文学成为一种与其语言相适应的现实,成为一个感觉形式与语言所描绘的形式相符的世界,这种语言只"探讨自身",即只负责反映本质形式及它们的关系,因而应当为文学提供专属的土壤。在与意志及再现的哲学二元论相结合时,反再现诗学逃离了自己的领域。象征主义希望从这种"什么也不图"的叔本华"意志"散文中,从事物与欲望不能抵偿的失声中,将对再现的批评解脱出来。象征主义将这种批评变成俗世散文的批评,变成了对现实客观性信仰的批评,也是基于这一信仰,交际语言、自然主义散文,以及再现的戏剧传递给观看者对现实的观照纷纷产生。莫高(Albert Mockel)和维兹瓦(Wyzewa)的创作,以及《独立评论》(*Revue indépendante*)、《瓦格纳杂志》(*Revue wagnérienne*)、《法国信使》(*Mercure de France*)或《政治与文学对话》(*Entretiens politiques et littéraires*)的其他理论家宣告了这一叔本华主义的转变,它在缩减幻想或反映真实的客观现实废墟之上,重新建立了精神。[1] 这种"精神"本身可以具有几种哲学形象,并证明艺术的多种实践的合理性。它可以成为费希特式的纯粹的"我",或是黑格尔的绝对"自我"。它可以成为一种灵魂,通过把感知形式重新集中到简单符号的贝克莱[2]格式而与其他灵魂进行沟通。它可以成为普遍的精神世界,通过个体认识自己,或是将个体诗歌变成伟大人类的集体诗歌中一首独特的诗。

该精神可以建立一种可预见其影响的人工论诗学,以埃德加·坡的"构思哲学"为代表,或是外在世界重现的本质节奏之本质主义诗学;用诺瓦利斯的方式在意义的内在世界中与灵魂沟通,或是"字句配乐法"的"科学合理的"实践,就像勒内·基尔从赫姆霍兹(Helmholtz)的生理学中所汲取的实践,并与奥古斯特·孔德所衍生的人性的宗教相协调;被表达的诗,在自由诗灵活的诗行上,而灵魂一对一的旋律或是平民的诗,则在瓦格纳的乐调中。但证明了著名的马拉美危机的文字,在这里也证明了绝对精神的肯定和虚无的碰撞,伟大空想的虚无认知,以及使荣耀的幻象闪现光芒的意志,最终都走向了同一个结果:如果精神

---

[1] 我们主要参考的是 Albert Mockel,《象征主义美学》(*Esthétique du symbolisme*), Bruxelles, 1962,以及 Teodor de Wyzewa,《我们的导师》(*Nos maîtres*), Paris, 1895,同样包括由 Guy Michaud 主编的文选,《象征主义的启示》(*Le Message symboliste*),Paris,1947。

[2] 贝克莱(Berkeley,1685—1753),英国唯心主义哲学家。——译注

只是一场梦,这个梦可以被当作任何真理本质的光辉去传唱。贝克莱和黑格尔,费希特或叔本华,维柯和斯维登堡,他们不可调和的哲学于是也可以被看作同一个基本唯心论文本的不同稿本,其表达方式理所当然地回到了谢林的折衷主义。象征主义的普世唯心论在被施莱格尔兄弟奉为圣经的《先验唯心论体系》(*Système de l'idéalisme transcendantal*)的字里行间,自然而然地可以找到其创始者的母本。"我们称之为自然的,是被封藏在秘密而出色的书写中的一首诗。若我们在这里认出了精神的奥德赛——他在认识自己的同时,却在逃避自我,他被奇妙的幻想深深折磨——谜题就能被揭示;穿透意义的世界,其实就像透过意义所显露的字词,就像拨开我们所向往的想象国度中隐约可见的迷雾。可以说一切令人赞叹的绘画,都来自将真实世界与理想世界所分隔开的、被看不见的隔阂所掩盖的事物,这样的绘画就像一扇窗,透过这里,这些形象和想象世界的领域毫无保留地渗透进来,而真实世界只允许透进一种不完全的微光。"①

这一文本很自然地出现在让·托雷(Jean Thorel)关于"德国浪漫主义作家与法国象征主义者"②的文章中。莫高的整个

---

① P. Lacoue-Labarthe 和 J.-L. Nancy,《文学的绝对》,前揭,第 342 页。
② 《政治与文学对话》(*Entretiens politiques et littéraires*),1891 年 9 月,第 161 页。该引文的原出处应为:Thorel 为《自然哲学》(*Philosophie de la nature*)写的一篇文章,该文章也收录在《超验文学主义系统》(*Système de l'idéalisme transcendantal*)的最后一章。

《象征主义美学》被视为就此所展开的评论。因为他们用同一个基本程式去区分文学的教义和诗歌的领域。象征主义是一种基本的浪漫主义或是浪漫主义的原教旨主义,而今它之所以能跨越谢林的界限,是因为它所表达的历史的浪漫主义仍然在被二元性所探究。象征主义认真地审视这种在其自身之外逗留的由其文本所触及的精神的异化:精神在自然中无意识的逗留;产生于精神走出自身时所形成的艺术中,有意识与无意识的结合。为了将艺术作为这种展现与缺席的结合去思考,象征主义连接了两种精神观念:以材料形式存在的,作为行动的传统精神;作为意义传递媒介的浪漫主义精神。雕刻的形式,就像自温克尔曼(Winckelmann)起希腊雕像所象征的形式,或多或少都在默默地与意义的内在世界之音乐性相结合。或者说,雨果的教堂利用的是精雕细琢的石料和开放的章节,建筑主体与图案花饰平衡的双重价值,也由此维持了艺术与哲学的差异:"根据谢林的观点,自然不再像服务于哲学家那样服务于艺术家,也就是说自然只提供理想世界僵化的表象,或是对既不在其外也不在其中的世界无意识的反映,仅此而已。"象征主义消除了这一差异,即材料外在性的"传统"组成部分,它也是艺术与哲学之间差异原则,以及艺术观念中的二元论原则。谢林的文章中出现的否定词在托雷的"引文"中消失了,他写道:"自然,像服务于哲学家那样服务于艺家,理想世界不断地以虚构的形式出现(……)"①象征主义哲学的不确定促使诗歌与哲学之间的差异消除。自然也许是原始天然的材料,为精神留下了思想最本质的真实,或者它也许是精神投射在自身之外的纯粹梦幻,或是精神被映照的纯净镜面,结果都是一样的。外部世界的图像可以被视为一种语言的词语。这些图像是精神诗歌应当安放在句子中的零散意义。精神诗歌在把它们安置在句子中时,运用了特有的句法。于是诗歌所履行的秩序并无紧要,要么是从这种句法的认知出发,要么是在自然景象的形式和节奏中重现句法。甚至这种精神作为唯一的现实被理解,或是它对自身的认识以及去体验作为"材料的空洞形式"的结构也无所谓。②"在作为*真谛*的虚无面前歌颂这些光荣的虚幻",与抄写思想的节奏或是写满字的苍穹是一回事。

这就是为什么马拉美问题的核心,并不是上帝的感人经历或在寻找纯粹理念时遭遇的虚无。日落交响曲和星宿的字母表会使他明白,纯粹思想将否认他的存在与非存在的一致。虚无

---

① 《政治与文学对话》,1891 年 9 月,第 161 页。事实上,有几位权威翻译家对这句话是这样理解的:"自然,对于艺术家来说的意味,不比它对于哲学家的更多。"而同样也是这样的翻译破坏了整个这段话的意义。应当按照 Jean-Luc Nancy 和 Philippe Lacoue-Labarthe(我也感谢他们的准确性):"自然,对于艺术家来说的意味,不再像它对于哲学家的一样(……)"

② 马拉美写给卡扎利斯的信(Lettre de Mallarmé à Cazalis),1866 年 4 月 28 日(《书信集》,第 1 卷,第 207 页)。Pierre Quillard 的《词语的荣光》(*La Gloire du verbe*)(1891)用同样的方法,从神话最初的完善到玛雅面纱的揭开,展现了这个词所经历的进程,也是词语虚空的展现。

可以转变为光辉的幻象,而文学作为这种幻象的运用,"幻象闪电般地走向某种被禁止的高度!对我们来说,意识缺乏的是在高处发光的东西"。① 为了让诗在页缘花边处折角时扣留住无限,只需要一点点微不足道的东西:"专属于四季的交响乐平衡"的认知,在别人的"激情"与我们的热情的"失衡"之间某些类比的涵义;"对二十四个字母的一点虔诚"和它们之间对称的一丝意义。② 波涛的泡沫或落日的映像,长发飘飘,羽扇轻摇,或玻璃杯中昙花一现的泡沫,都可以为诗歌行为的特征带来华丽。只需要"比较位置和数量",并在交汇处唤起"某些美好形象的隐晦涵义"。诗歌行为否认客体的社会无谓性——或偶然性,长发或羽扇,在保留其基本表象的同时,它的变化还描绘了社会行为的内在性。它标志着显现的展开,显现与消失的格律,而消失则使自然处于"交响乐的平衡",或是服从于理念。在词语的发丝或扇面中,诗歌行为否认"主题"的偶然,在词语的折叠与展开中,消除了另一种将诗与感情的"个性"、与个人的想法或感觉相联系的偶然性。同样,语言的、主题的和作者的偶然性也一起被否认。浪漫主义诗学矛盾的原则于是看起来得到和解。将一切经验论的景象带回到根本形式的隐喻的象征性原则,其实可以与无差别原则相统一,后者在灵光乍现、集市上的哑剧或是裙摆

---

① "音乐与文字"(La Musique et les Lettres),《作品全集》,第647页。
② 同上,第646页。

的窸窣声中,找到了诗歌理念的一片天地。

就这样浪漫主义矛盾的全部戏剧冲突,在依据"世界是我的再现"规律的"叔本华主义学说"中被废除了。"在万物中寻找无限的图景时,诗人揭示了自身符号的意象。"① 它可以是任何事物也可以什么都不是,精神同样只和自己打交道。精神的对象并不与语言区别。世界的形式是一种语言的符号,而诗歌所集合的"新"词则是世界的形式。象征于是不再是多样的现实之间联合的符号,也不再是材料世界和精神世界之间转译的操控者。它是"由形式本身去表达的形式意义"。② 精神在精神的语言中对话:单数的语言在精神的原则中,复数的语言则处于精神的支配力中。精神的语言是表达想法时的话语,它是表达想法与形式往来的隐喻,它是证明整体和谐的韵脚。"每一句精神诗句,在精神的意念中,应当同时是可塑的图像、思想的表达、感情的陈述以及哲学的象征;它还应当是一种旋律,也是诗的整体旋律中的片段。"③

浪漫主义就这样从矛盾中被卸载,从材料对形式的抵抗中摆脱出来,就像从有意识与无意识的自觉认同的两难窘境中解脱。有意义的形式和可感知的形式同化成共同的精神语言,并

---

① A. Mockel,前揭书,第86页。
② 同上。
③ T. De Wyzewa,"马拉美"(Stéphane Mallarmé),载《我们的导师》(*Nos maîtres*),前揭,第127页。

确保了反再现原则与反散文原则的一致。文学的矛盾变成了唯一的诗歌原则的统一性,文学的"学说"是诗歌"领域"的中心,该学说只是精神世界的生命法则。于是问题出现了:清除文学作品的矛盾,不就是消除作品本身? 这一象征主义的原教旨主义固有的转变,正是马拉美问题的最终疑难:"是否存在某种大写的文学(Lettres)?"同样这个单词复数(lettres)的使用引发了之前"纯文学(Belles-Lettres)所提出的问题:诗歌一旦从诗句严格的标准和传统再现的惯例的双重束缚中挣脱,是否存在言语的特殊艺术——它是与"类似雕琢过的表达,在任何领域中使观点变得高雅"①而完全不同的东西,概括地说,它就是与精神生活或是思想的普遍形式完全不同的东西?然而精神不是作品。令象征主义者和自由诗派感到骄傲的,是曾用诗的纯粹理想性和旋律的绝对自由去救赎每个人的灵魂。但他们没有察觉,在将诗绝对化的同时,也从材料或形式的束缚中摆脱了诗,他们重又将诗与思想的抽象作用或是感知的联系去进行比较,或者简言之,与这一平凡的或特殊的散文写作去对比——他们付出一切代价去区别于散文。

"诗歌的理念,就是散文",本雅明所总结的悖论正是天真的象征主义徒劳地想要避免的矛盾。而这也恰是文学构成性的悖论。本雅明理论性地表达了由黑格尔赋予诗歌的"普遍艺术"的

---

① "音乐与文字",《作品全集》,第645页。

命运:将艺术引向曾经作为艺术之废除的使命。也是本雅明以全凭个人经验的方式修正了雨果的诗的跨行,给它同时增添并拆分了亚历山大诗体的两种功能:表达思想的句子以及用停顿切分诗的习惯性格律。散文诗或自由诗的创造者曾希望消除黑格尔理论的二难推理,并超越雨果所建立的乡村特色,将思想推演的形式与停顿的诗歌格律相统一。但黑格尔提醒道,诗歌只依靠它们的差异存在。谁要想把它固有的停顿给予思想,使诗歌作品消失,这停顿就成了受阻碍的时间,被思想延迟的时间。马拉美关于"某种事物"的存在问题,就像在答案最显而易见处,文学找到了问题的尖锐所在。也许诗的独到之处和书的不可能性,与它们的名称紧密联系,它们首先表达了一种逻辑严密的实践,该逻辑只有在被称为"精神生活"的作品的缺席中以取消文学为代价时,才能使文学变得合乎逻辑。书的不可能性并不是文学观念最主要的不可能性的显示。在给予文学其特有的学说和领域时,书的不可能性就是总以超越文学矛盾为焦虑意志的开端。布朗肖的理论化所思考的与文学理念相联系的"作品的缺席",并不是位于语言力量中心的无能(impouvoir)的夜间实践。它是在将反再现原则与反平庸原则相统一的同时,使文学原则变得协调一致的尝试。在作品和俗世昏昧的无法分辨中,福楼拜的绝对风格和关于虚无的书的协调最终迷失于此,而另一种作品的迷失对这种"无法分辨"的回应是:相反,它想要分离一切散文和一切材料,只为成为精神生活。悖论于是在最普遍的形式下显露:被重新引向其本义的文学是在精神生活中消失的文学,在这种精神生活中没有任何作品是恰当的。

于是马拉美在"前言"中向象征主义诗学所提议的普通方式的朴实立刻产生了裂缝,同时理念和言语的协调关系在音乐与文字的交错配裂法中发生转变。言语的基本状态表现为跳跃式的。言语的本质是言语和音乐。为了产生"纯粹的观点",诗歌行为应以音乐的方式进行。应当"以其震荡的隐没去搬移自然的现象"。因为正是音乐的特性使事物的紧密度和词语再现的结构同时消失。独立的音乐提出了一种从结构上净化的再现的语言,当再现为了震荡而消失之时,也许正是材料精神化的契机。音乐"靠近理念",因为它是图像和报告文学的葬身之地。但音乐的特权有它严格的对立面。音乐,只有当它也作为命名、说明、安排、颂扬的言语的坟墓时,才能成为图像的坟墓。如果说它排斥喋喋不休,那是因为它排斥言语本身。音乐是缄默的,而正因此,它想要表达一切——根据意义的象征主义形态去表达一切:通过启示,通过音色和节奏的相似性,它的加速和缓慢,铜管乐器的碰撞,木管乐器和弦乐器伴随着独特音色对世界的幻想,以及它们与灵魂的内心剧的呼应。音乐想要赶走沉默和多语的文学,去创立可感知精神的纯净国度。如果音乐能毫不费力地展现这个纯净国度,也是因为它将理想性与言语的简单缺席视为相统一。像无生命的文字的缄默绘画一样,音乐也无需说明缘由。也因此,音乐可以让它所谓的言语飘荡在四周。

缄默的音乐变成了多语的音乐,什么也不说、什么也不解释的未加装饰的嘈杂声,却被视为集体的原始诗。

音乐的特权于是马上引发争议。世界的音乐精神化"应当依据言语的规则"去发展。"音乐的"任务从以纯粹的观点改变事物的景象回到了"智力的"言语。但这一欲求只会激化问题。也许人们可以想象音乐"涵义"与诗歌的同样过程:词语通过它们无常的活动,动机的协调,围绕着旋律线集中的和弦,"节拍"与强度的差异,朗朗的轮唱与凄切的自白的交替进行流动。而与"不加修饰音的乐句结尾"相对立的智力的言语,于是与乐器的纯粹物质性相认同,与键盘毫无生气的象牙白相等同:音乐"在由某些言语的不可思议中产生的时候,言语只剩下与读者之间物质联系的方法,就像钢琴的琴键"。① 言语的智力方法只有在模仿音乐的缄默时才恢复音乐的权力。音乐,也只有为了变成理念出现的形态时才将"理念"作为乐器的角色让位给言语,并最终成为理念的名称。"言语特有的规则"的目的是"通过音乐的方式",开出纯粹的理念之花,与一切已知的苦难经历都不同。智力言语在其顶点被确立的优势,当它所关联的整体存在于一切事物中时,这种特权就被叫做"音乐"。②

---

① 给埃德蒙·戈斯的信(Lettre à Edmund Gosse),1893 年 1 月 10 日(《书信集》,第 6 卷,第 26 页)。

② 参见"勒内·基尔《言词研究》前言"以及"诗句的危机",《作品全集》,第 857 及 368 页。

文学仅作为音乐和文学存在。这一分离与两种对抗的艺术手法的差别无关,也无需联合。这是言语艺术理念的分离,是在言语艺术理念中,艺术理念的分离。因为音乐不仅是一种艺术。它也是艺术的理念。不是其他事物之间的理念,而是艺术和艺术间相照应的新理念,反再现诗学在其中自成体系。这一理念准确地来到了诗歌曾经占据的地盘。诗歌曾是一种再现艺术和艺术的普遍理念。所有的艺术,事实上都是再现,它们在用诗歌的手法去"模仿"。它们模仿诗歌再现的根本形态——交谈和讲述——并追求着相同的目标:传授和激发,取悦和说服。这正是巴托神父的伟大事业所系统化的,美术(Beaux-Arts)浓缩成一条单一的原则。将绘画和音乐,舞蹈和雕刻作为诗歌的种类去比较。马拉美执着地遍览巴托建筑的废墟,在舞台表演的缝隙中,寻找绘画的笔触、管弦乐的微颤、舞蹈朦胧的形象、哑剧的无声语言或是民间表演的枝节插曲,艺术的非语法再现方式,把模仿曾经包含的等同物,给了诗歌的普遍艺术:建立在语言空间与事物空间之间新的重合基础上的艺术的重合。

但这种重合已无法再有统一的形态。浪漫主义诗学首先将再现的协调与象征性的类比进行比较:作为语言形态的艺术再现的统一。问题是语言确实正在回避这种统一的功能。甚至当诗性作为语言的原始形态显示的时候,语言的科学正在摆脱起源的幻想,并从它与事物空间的错综复杂关系中解脱出语言的空间。① 作为语言艺术的新理念,借用了曾经的"语文学",把艺术的语言变成理念本身之外的思想的表达形态,即一种思想的过去-过时(passé-dépassé)形态。从再现到表达的改变,以及从再现的协调到解释宗教经典的类比的转变都无法给文学一个单一的理论身份。文学其实应该是另一回事:将艺术的命运铭刻在思想的命运里。就像在黑格尔的建构中,艺术的协调变成了它们形态的继承,从最物质到最精神的语言的转变,诗歌的"普遍"艺术,愉快地结束了行程,完成了将思想-石块向纯粹思想的转变,将思想遣返回自己的领地。我们碰到了从中总结出的悖论:诗的"新"理念把诗歌的普遍艺术变成了过去的事物,阻挡了文学的道路。但这条艺术的思想之路途中遭遇了另一个问题。为了抵达诗歌,应当穿越另一种艺术:音乐。黑格尔很快在这个问题上进行了尝试,但他承认自己能力有限。而他真正的理由则更为深层和隐晦:在思想-象征的脚步下,在走向纯粹思想的路上,曾经有一个即将打开的深渊——艺术的另一个目的:音乐既无图像也无思想的理想性,通过微弱的物质性规则,实现艺术家与听众的直接交流。音乐将符号和象征、象形文字和对象形文字的辨读的解释学规则,与符号的另一种用途对立。"抽象的理解"的数学计算转变成无法表达的感知直觉。音乐是时间的

---

① 我在这里参考了米歇尔·福柯(Michel Foucault,《词与物》[*Les Mots et les Choses*], Paris, 1966),但并没有使用他从中提取文学理念的方法。

艺术,是康德的"内在意义"的艺术,是在反抗意义的形式空间中不再逡巡的艺术,是不再用缺乏感知形式的思想词语表达的艺术。音乐就是用它的技巧实现"意义的内在世界"的浪漫派梦想,甚至同时将它的概念提供给艺术的理念。于是音乐确定了艺术的另一个目标:使感知形式变得流畅,并把思想的谋算变得敏感的、"富有艺术性"的艺术目标。音乐不是将艺术的感知理想引向自我的有意识的思想,而是将感知理想毁灭于理想性的内部组织中,在其中,通过转化成可感知直觉的沉默的数学符号,灵魂用灵魂的语言对话。音乐在可感知材料中,将其意义的缺席作为精神意义的至高化身去表现。①

黑格尔的行动避免了这一命运,甚至,以终止艺术的命运为代价。避免其终止艺术并去建立文学的未来的意愿,很自然地重新碰到了难题。既不接受旧诗学和新诗学的自然主义妥协,也不接受将诗的理念与散文同一,就必然会遇到音乐——作为反再现的理念,在后再现时代艺术与艺术协调理念的音乐。音乐驱散了再现的尘埃,实现了"用大水洗涤圣殿"。但在耶稣驱赶圣殿商人的图景中,音乐解放旧的法则和联合,只是为了征服新的联合,顺从于没有精神和内在性言语的法则。自此诗便属

---

① 作为灵魂语言之音乐地位的提高尤其在 Wackenroder 的作品中体现:《艺术宗教的艺术幻想》(*Fantaisies sur l'art par un religieux ami de l'art*),Aubier,1945。

于音乐,成为艺术的一种,而艺术中的音乐就是理念。这就是作为浪漫派原教旨主义的象征主义核心:不再有象征,只有唯一的精神世界,被分配到形式的节奏和灵魂的旋律中唯一的、精神的音乐。马拉美经受着这样的束缚,同时也在反抗。马拉美能承认的只是音乐的荒诞,音乐的无法言说只是精神世界的最终实现,他并没有比黑格尔涉及更多内容。正是这一点涉及到"遣返回"(rapatriement)管弦乐的撕裂的文学:不是用书写的手法简单地转换音乐,而是为被解放的文学安排一个新主人——精神-音乐命运的突变,这种精神-音乐将文学本身分离,并弃它于无用。艺术只有让"精神易逝的飘散"解体,才能在音乐的"精神"领域中找到统一。对抗这种解体,唯有恢复语言的力量:若言语(verbe)将文学置于再现的幻景,它同时也是保持思想清醒的唯一手段。但这也说明需要给言语专属的空间——记录想法的可感知层面。音乐在时间的伪内在性中毁坏了艺术。文学在将理念的固有艺术与空间艺术相统一时,被重新获取。也就是说文学在赋予理念其最初的物质性时,把理念还给了"文学自身"。总之,要想给文学恢复其精神的力量,就应当将理念重新物质化。

但问题转移了,另一种二元性出现了:理念的物质化空间不是唯一的,而是两个空间。一个是再现的空间,理念在其中以可感知的形象描绘;一个是纸张上的空间,理念在其中与散文的平庸书写相同化。理念只有在场景的形象空间和缄默-多语的文字空间之间做出选择时,才重新找到自己。马拉美著作的全部问题在这里呈现。著作的计划不是以抄写宇宙的俄尔甫斯神秘教理为目标,或是更次要的目的:连接起诗歌花环中的花朵,是坚持诗歌特有的物质性问题。为逃避曾将诗从再现的喋喋不休中解救出的音乐的"缄默",诗应与空间的物质性之间缔结一个新的联盟。一方面,这一物质性是作为模仿能力展示的传统场所的舞台空间。精神所描绘的自身画面也许是非再现图像自身的图像。另一方面,物质性是作为缄默-多语的文字空间,是无法"挽救自身"的文字,无法描绘将文学从散文世界中分裂的不同著作的物质性。著作无法实现的计划于是就成了将两个空间合并的计划,建立专门的、反再现和反平庸的舞台的计划,即文学的计划,创造作为模拟空间的书的空间,并与感性的思想距离相统一。

这个问题正是马拉美简明扼要的宣言所包含的问题。在将"建筑的和预先策划的"作品与只是作为灵感汇编的画册对立的时候,马拉美的宣言令人惊讶。① 这一主张中所包含的悖论值得关注。在某种意义上,这一骄傲的宣言不过是陈述某种平庸,作品的正常或不正常现象的平庸,布瓦洛的教程重新采用了这一平庸,而布瓦洛则沿袭了贺拉斯,贺拉斯源自亚里士多德,并最终追溯到柏拉图。确切地说,这一旧诗学的平庸已成为公开

---

① "自传"(Autobiographie),《作品全集》,第663页。

的问题。从伯克用几何学比例毁灭诗歌的主体标准开始,什么是"建筑学"的作品?从谢林宣称意识与作为艺术核心的无意识的认同以来,什么又是"预先策划的"作品?浪漫主义的诗学作品-教堂并不是被构造的作品,它是模拟图像的笔记,是拱顶、柱头和玻璃窗的汇编。整体的问题不再是各个部分之集合的问题。因为我们所集中的各个部分,仅就每一部分来说,各自既是完整的,同时也需要在整体中找到自己的位置。然而象征主义诗歌反复地逃避这一功能性。一方面,它是由自身构成的整体,是诗歌功能的充分表达。另一方面,以它并不是一个自己自足的客体的观念来看,它又是未完成的。它是一个论据,一种假设,是诗歌空间的陈述。暗示和象征想要说的是:哪里有在内心剧和外在表演之间协调形式的主张(proposition),哪里就有诗,但也是在这里,这种协调的表现方式碰到了另一种协调,在这里,读者将它的天真依附于纸张的空白,表演者将他的内心戏与表演的场景重合。这是诗找到其位置的真正的地点,是诗所在的真实统一,是诗歌共同的表现艺术舞台。

因为理念的书写是合二为一的:它既是文本,也是阐释。诗歌提出的在自我的舞台与俗世的戏剧之间的类比应当得到阐释,在诗歌表现艺术中去类比。诗歌在读者的内心舞台或音乐会上获得生命:源自紧扣纸页的"拇指的仪式",来自使黑与白的关系戏剧化的双眼的仪式,低语着文字并哼唱文本旋律的声音的仪式。诗歌的任务是去勾勒这一并置的场景,这个可能存在的协调系统。在这一点上,新的虚构与过去的再现虚构对立:新的虚构并不是让剧院观众去识别人物的创造,它是创建场景的艺术手段的编排。虚构就是导演,是地点的设立和虚构的环境,是虚构能力的特定证明。但这种证明必须在另一个舞台完成,在那里,被书写的符号或由舞者脚步勾勒的象形文字,在读者或表演者的内心布景中被重新展示。诗不会任由各自生命的构成去拆解。诗所属的"全体性"是始终偶然而暂时分割的全体。诗的空间是舞台的表现艺术。这种表现艺术逃避再现的多语,以及构成它的二元性在镜中反射出的形象的无意义:它是符号的物质轨迹,也是这些符号的阐释。正是这种二元性在芭蕾舞剧的舞台上找到了它的模特儿,并建立起书写与舞蹈编排之间的特殊关联。在这个舞台上,无需阅读的芭蕾舞女演员是一个沿着"没有抄写仪器"的书写符号进行勾勒的符号。通过这种朦胧的物质书写,她的身体实际上是在空间中记叙理念。这种纯粹的物质再现,这一理念的可塑造的诗,在同一个舞台上战胜了再现。因此,这种再现应当被阐释,让表演者-诗人将"他的诗歌的直觉之花"[①]开放在芭蕾舞演员脚尖。唯有如此,舞蹈者的无声书写才会"以她所演绎的符号方式"去描绘诗人的梦,或是诗人用无需阅读的沉默的象形文字去创造他的诗。

诗的整体空间,也是表现艺术的空间。后者通常是双重的:

---

① "芭蕾"(Ballet),同上,第307页。

文体的书写与阐释。思想固有的空间就像是一个双重舞台,其二元性仅仅是让浪漫主义诗歌的构成性矛盾重演。诗人与舞者的合作使用了有意识和无意识的意识之必要而不现实的结合的隐喻。"真正的"书写逃避自身。诗歌的物质再现从来只是其象征的再现。与"历史的"艺术,即再现的艺术相对的,是一种"作为象征的"[①]艺术。然而舞者的寓言仍然告诉我们另一件事:诗歌的行为甚至也是一分为二的象征性行为。换句话说,诗并不从结构上与书写的艺术相联系。诗存在于内在"特征和协调"之间,在形式的表演所要求的相互一致之处。诗是"预知力"和"观点"。它是类比的观点。在梦中人看到站立的熊将爪子放在恐惧的小丑肩上的梦境剧中,已然成诗。一旦书写和预知力的关系出现,就有了诗。但事实上,在表演进行中,书写符号的存在是由预知力决定的。对马拉美的诗的"稀少"提出质疑的人,不应忘记这种稀少与过剩是相对应的:如果只有很少的诗,那是因为诗无处不在,诗在理念的轨迹与精神的预知力之间一分为二的符号下无处不在。

问题便不是去"构造"诗集,而是在书的空间中与表现艺术的空间和解。因为在表现艺术中,诗的稳定(整体性)在精神生活中不断逃避:自维柯以来,这种精神生活都被作品和象征的等价所掌控,被1890年象征主义的先锋派以及1910或1920年代未来

[①] "芭蕾"(Ballet),同上,第306页。

主义或超现实主义的先锋,以革新象征为代价,正不断地延续:从幻梦的象征到机械速度的象征,从固执有力的诗到无意识的象形文字或是到勤劳的集体诗歌的革新。新诗,只有接触到精神无止境而永恒的变形,才能摆脱散文和再现的平庸;而精神,只有为了使物质处于波动易逝的飘散状态,才能化身为作品的材料。带着这种"普罗透斯式"①的灵魂,马拉美不断斗争或者说捉迷藏般地,总是准备去适应理念的诗歌物质性。不仅仅是去展示宇宙间崇拜俄尔甫斯神秘教理的秘密,无数马拉美的同时代人忙碌的任务——"大写书"的设想是将灵魂固定在书页上,用再现艺术的空间与书的空间之间的认同去确保理念的物质性。

大写书或它作为范本的纸页一旦公诸于世,去抵抗诗的音乐性解体,就应保证其理念的物质客观性。应当将表达用于呈现思想的内在,或是在纸张上、在词语的物质化排列中,去表现被类比的"由棱镜组成的理念的细小分支"。这种理念的表现艺术将书的空间与表现艺术的空间-时间相统一。也就是说,表现艺术将它的双重场景缩减为单一场景,前者曾经是书写和阐释、物质记录的外在和类比的内在舞台的双重场景。单一的也是共同的空间应当包含理念的表现艺术,它在外在表面勾勒着自己的轨迹,同时,精神的表现艺术也在其中找到了自己的舞台。但

---

① 希腊神话中的海神。他能预见未来并变成各种形状,但若抓住他不放直到其恢复原形时,他将回答询问者提出的问题。——译注

这种物质的表现艺术和精神的表现艺术的等同,书本和有生命的言语,以及精神和身体的表现艺术的一致,拥有一个名称,也是一个"精神的"名词。象征的象征或是表现艺术的表现艺术确切地被称为"圣事"(sacrement)。它也因此成为大写书计划中的问题。每一首诗歌的表现艺术都曾是公共荣耀的独特提升,伴随着与落日相和谐的光芒而成为"精神之光",与扇形的运动,舞者裙摆的飞扬或是脚步勾勒出的瞬息即逝的形象相和谐。每一种表现艺术都否认这种偶然性——无差别原则的偶然性——每一首诗的表现艺术都任由这偶然重新形成。为了让其他不同于诗歌表现艺术的场所产生,文学应当拥有它的标志,即每一首诗的境况所反映的圣事之初次创立:精神、精神在空间的投射以及精神回归内在舞台的最初一致。"智力的言语"专属的物质空间——大写书,既是文本也是这一原始圣事的实施。它是书本和表现艺术的乌托邦式的一致,乐谱和舞台的一致,并同时将每首诗歌的表现艺术所偶然反映的共同而伟大的原始升华进行神圣化。① 大写书不只是书的问题:而是书及其写作实施;它应当

---

① 共同体的伟大:其实马拉美计划的实质的书的系列并不比福楼拜关于虚无的书的系列多,它们没有把那些"象牙塔"中的人推向死胡同。相反,"书写的反常行为"与"证明我们就在我们应在的地方"相联系("维利耶·德·利尔-亚当"[Villiers de l'Isle-Adam],《作品全集》,第 481 页),也就是说,不仅仅是回答起早贪黑的劳动者与散步的诗人之间对照的心照不宣的问题("你来这里做什么?"),也同样要认可团体的场所,或是给它盖上人性的伟大印记,仅凭法律、投票或是新闻是不够的。如果文学的"精神现实"为了与"没有被地点、(转下页注)

是自我证明的书,用写作的实施去证明文本,以及用文本证明其写作的实现。在纸上,每一行的布局应当同时呈现理念的主体与见解。布局应当展示的甚至是思想的句法,使思想的空间适应尘世的曲调,适应"在万物中存在的关联集"的逻辑形式和节奏的句法。总的来说,书或纸张的本质都是思想之风景,它在纸张的空白上勾画出内心的空间。思想的书写依托其固有的语言成为在纸上勾勒自身类似思想的"模仿"。思想的书写自柏拉图起,就是"真实的"书写最根本的形式,是或多或少的写了字的形式,思想和民主的文学性批评随之产生。《乡村神甫》的叙述展

(接上页注)时间及已知的人物玷污的寓言"相认同,而舍弃再现舞台的细枝末节和相似点,这是因为文学的意义,从"万物汇集的潜在意义"中获得,它只概括"优美和壮观,不朽,天赋,那些在沉默的观众中汇集的不为人知的东西"("理查德·瓦格纳,一位法国诗人的梦想"[Richard Wagner. Rêverie d'un poète français],《作品全集》,第545页)。马拉美的"文学"遵循着将文学的绝对与社会表达的特征相联系的普遍规则。在表达群体的伟大时,群体自身并不知情,文学提前预见到一种要到来的政治共同体的存在形态。在新世纪来临前,文学在世纪末,正在把基督的神性变成作者的"文学"。除此之外,文学也必须代替这个被称为"基督神性"的共同体的印章。"神性"将共同体升华到政治秩序的平稳与混乱之上,而它从此就是音乐或诗歌的神性。马拉美或兰波这样的诗人,首先是"节奏的仆从"("田园诗"[Bucolique],《作品全集》,第401页)。在"诗句危机"的混乱中,未来人民的诗已做好准备,也许它将产生于其他正在酝酿的"社会危机"中。它在为未来的庆典做准备,并抵抗着徒劳的政要提前吞噬它的以及沉湎于虚幻的民主的暴食者的饥饿。正是这一政治任务,或者说是极端政治任务使马拉美的写作问题变得激化。这个任务给诗歌带来了团体赞歌的使命,同时也令诗歌延迟。这一使命的矛盾碰到了诗歌固有的客观性矛盾——总是在书的不朽与虚构的语言能力之间分裂。在诗歌问题的政治层面,我也在我的另一著作中述及:《马拉美:美人鱼的政治》(*Mallarmé. La politique de la sirène*)(Hachette-Littératures, coll.《Coup double》, 1966)。

现了从超书写的两种形象之间所获得的小说式的书写:不完全是写了字的书写,也是由精神的斯维登堡式的语言所展现的灵感的纯粹旅程;超越书写的书写,在事物的物质性中记录,由圣西门主义"新基督教"的水路与铁路所证明的物质性。在马拉美的大写书/舞台/办公桌的书写中,变成灵感的思想和变成物质的思想的两种形象在此相聚。伴随着精神的诗学以及与民主的文学性抗争的两种沉默的书写,在诗的中心,在与思想"本身的"物质性相似的极端的诗的书写中心,相互认同。

但激进的超书写也是一种模仿的极端形式,它只有通过其原则的颠覆才能解决象征主义诗学的矛盾。为了使纯粹的理念开花结果,这种诗学支配着排斥一切经验论辞藻的临摹的启示。但要使思想在《骰子一掷》(*Coup de dés*)①的纸张上勾勒出它的内部空间,应当取消从符号到意义的"寓意的"或"象征性的"距离,让意义处于文学性中,在书本的纯粹空间中描绘。诗的可视的(直观的)布局应当遵循它从未遵循的再现原则:词语群的布局需借助视觉去模仿诗所谈及的内容,这一布局可以在纸张上描绘与消逝的船只或是天空的星宿的相似之处。因为"关于一个行为甚至一个客体的句子节奏只有去模拟它们,在纸张上塑造,由原始版画上套印的文字所获得,无论如何,在应该表现出

---

① 或译为《掷骰子》,一首文字排列奇特的诗,其中的名句是"骰子一掷,不会改变偶然"。是马拉美晚年(1897)的诗作。——译注

什么东西的时候,句子的节奏才有意义";"文学于是显示为:没有其他缘由,只是在纸上写字"。[1] 而文学的印刷也同样是自身抵消的进程。约定俗成会把文学从散文的多语中分离出来,而约定俗成最终即使不是思想符号和空间形式的重合,也是走向象征逻辑的极端,这一极端要同时成为思想的符号和其主体,或是用于解释的文本以及形式的布局。黑格尔认为,这种同时作为形式和思想的象征意图,会让它们错失彼此,而只是成为用哲学进行自我超越的诗歌的徒劳企图之标志。这也许就是这只纸船的命运:自我否认的故事,为了与理念的纯粹轨迹统一而拒绝承担责任的形式,以把理念拖入到它们的微不足道中为代价,以像诗人所希望的那样与文字和纸张相统一为代价,要证明文学,就要否认一切偶然性。

---

[1] 马拉美给纪德的信(Lettres de Mallarmé à André Gide), 1897 年 5 月 14 日;Camille Mauclair, 1897 年 10 月 8 日(《书信集》,第 9 章,第 172 及 288 页)。

第十章
技巧,疯狂,作品

"四十年来,表达之严肃与被讲述事物之无意义间的对比侵袭着文学。"(引自《包法利夫人》)①普鲁斯特所描述的这一状况,在他投身《追忆》的创作之时就已明确。福楼拜的"无意义"曾经是主题无差别及风格绝对化诗学观念的严格实施。"无意义"迫使小说家在字里行间描绘出这种注定要消失而又难以察觉的差异。另有一种促使马拉美写出"名片"(cartes de visite)的"无意义",这些诗句使诗歌成为其独特领域中观念的书写。在《布瓦尔和佩居歇》中,绝妙而又近乎虚无的风格弥漫于一纸空文,这是绝对风格的毁灭。与之对应的另一种灭亡,由马拉美实现:使诗特有的物质性在其"精神"中消亡。

---

① Proust, 1908 年笔记(carnet de 1908), Philippe Kolb 编,《普鲁斯特笔记》(*Cahiers Marcel Proust*), n°8, Gallimard, 1976, 第 67 页。

因为文学及其固有矛盾的核心,并不是语言的"自身目的",即文字对语言的封闭支配。真正的核心是文字与其精神的紧张状态。当选题、布局和风格的诗歌-修辞旧结构不得已接受"风格"这一唯一方案时,紧张状态便形成了。该方案不是语言的形式游戏,而是比喻的手段。比喻是语言与自身的差异,从词语的空间到词语所包含内容的空间延伸。当维柯着手破坏古代诗歌隐秘智慧的往日理想时,新诗学便已发端:荷马的信徒曾经用于反对柏拉图或是哲学家的,正是这种双重寓意本质的要求,并且早于异教哲学家将它与基督教福音书所进行的对比。维柯解释说,诗歌不是隐秘智慧的书籍,诗就是诗。值得一提的是这句话的独特性,以及效果的单一转移。它动摇的其实是诗的理念。因为自此,诗的本质成为一种与言语所说内容不同的言语,以及用形象去说出言语的实质。与此同时,反再现分裂成了最初的两部分:一方面,它是整体系统的解体,从风格的单一功能来看,是主题的平等。另一方面,它是与风格本身的差异,引发言语所涉事物的内涵。我们可以为这一内涵赋予精神的统称。但这种内涵也剥夺了言语,使言语仅作为其思想的形象表达时才有价值。诗是聋哑人的歌曲。它就像在精神世界里无声交流的象形文字,像封存于形象中思想的延续,像共同体的镜像。

文学于是在两种消除之间产生。维柯在将诗歌变成某种语言形态时,他的诗学也将散文变成了诗的目的(telos)。维柯的诗学建立了一种艺术理念,并在"艺术之死"的黑格尔宣判中发现了自身的激进性——在某种形式中,意义展现的也是语言功能的消亡。散文诗学,或者说福楼拜式的散文绝对化挑战,应和了诗歌的散文命运。散文的功能被主题再现体系消除,也是被语言与它所述内容的差异所构成的"诗歌"消除。散文的功能就像诗歌的差异,它实现的是空洞的职能,这种空洞不留痕迹地挖掘着无聊蠢话无止境重复的空洞,直到最终混为一谈。掏空言语的技艺废止了文学行动的设想,却在另一层面,又用深邃和洞察将其充填。

文学建立在这两种消除的间隔中:一边是普遍诗性在精神中吞噬诗歌,例如泰纳或斯维登堡的诗;另一边,被绝对化的散文沉溺于差异的衰减。这其间的间隔却并不是一个"非场所"(non-lieu)。它同时定义了领域与界限,是文学的平庸现状与文学矛盾的基本实践所处的中介状态空间。文学平庸化——该措辞没有任何价值判断——一方面,是文学自身相互对立原则的中和;另一方面,作为这一和解的结果,它是再现诗学和表达诗学的延续,是文学被中和的历史建构。

一种形式置身于对立原则的中立化,而中立却激化了对立——这便是小说无类别的类别。小说的自然主义形象匹配着主题的平等和万物的语言双重功能之间的重合。这也是表达性小说能够作为代表形式去接替再现的剧本,成为虚构的标准形式的原因。在放弃类别与主题的联系时,表达性小说能恢复需探讨的主题、要塑造的个性以及有待安排的情节和适当的表达形式之间的联系。"古典作家"会因看到左拉在下水道所收集的主题而羞愧难当。但左拉始终遵从于这样的训诫:他指责人们忘记了《巴黎圣母院》或是《情感教育》的作者——为了教育、激励和说服,按照言语的古典形态去写作。而另一方面,他也毫不费力地向新文学的爱好者证明,他并不是平常生活中无论什么事都报道的"记者",而是书写隐秘诗性的诗人:吉尔维兹(Gervanise)、古波(Coupeau)或是兰蒂尔(Lantier)的言语并不是在街头收集来的表达的拷贝,而是言语向文学语言的升华;雷阿勒或是《妇女乐园》(*Bonheur des dames*)的货架不是弃于纸面的现实旧货铺,而是杂物的现代诗。当福楼拜的寂静主义(quiétisme)或巴尔扎克的预知力将自然主义冻结时,为免受这些停滞所累,用于描写的自然主义体系让故事的再现结构(即每一部分都是整体的成员),以及碎片构成花环的诗学(即小宇宙的一部分)同时产生。

于是文学便可以处于显而易见的状态,在发展自身的同时消除差异;在跨越建构断裂的同时,创造故事的延续。小说性散文的自然主义体系和文学共同资源的构成分别承担着同一起因产生的相同结果:从标准诗学到历史诗学的过渡。过去作品失去了被现时作品模仿的价值,该事实消除了我们所能模仿以及我们无法或无法继续再模仿的对象间的界限。这使得过去作品能够被归并到共同资源,而此时,诗的蛮荒或文明时代之间加以区别的分类已然过时;在其中,拉伯雷或左拉,欧里庇德斯或莎士比亚,拉辛或雨果都是在他们各自的时代和位置,展现着并无时代差异的力量。在这个共同资源的宝库中,有才华的创造者的特权和他们所处阶层的特权之间嘈杂的对立,就像提前安排好的一样。可以说,才华总是同时作为某个地区、某段时间、某一种族的才华。朗松可以让有关文明的文学史作家传记获得成功,就像泰纳或勒南(Renan)所取得的成绩。但无论如何,灵魂还是找到了自己的归宿。作者的灵魂在作品中得以表现,同时在作者的灵魂中,展现着有序或动荡的时间作品、贵族的改良或是庸俗行为的社会作品、地中海的闪光或是北欧的幻想中带有民族天性的作品。伟大作家的先贤祠与文明的特性相互映照。

当代创作和对文学宝库的回顾能够在它们的差异中,维护一个无矛盾且共同的文学形象。但"无矛盾"只不过是一些对立面的中和。无矛盾会合理地服从于任何使文学行为与文学结构紧密结合的尝试,顺从于将文学现实化为唯一的根本原则的尝试。我们已见证了象征主义的原教旨主义如何成为某种行事典范,以及马拉美是如何在精神生活中,以纯粹的名义与一种消逝文学的矛盾相抗争。这就是导致马拉美诗歌之艰涩而不同寻常的首要原因。精神舞台与书写思想的纸张之间的等同就像象征主义纲领"荒唐的"实现:诗成为精神生活的自我-展示。但诗也可以是观念的"尾巴一甩"(coup de queue);观念摆脱自我-展示,并宣告了属于自己的技巧。① 借用船的形状在纸上绘制的"船诗"可作为一例。马拉美的遗言是在精神错乱或是戏谑的含糊不清中坚持说完的,精神的表达方式在灵魂的最终实现中重现了艺术的技巧。总之,正是在超现实主义的激进化或是形式主义批评这两种重要形式下,这种模棱两可的厘清被牵涉到象征主义困难处境的了结之中。

第一种形式体现了文学的一纸空文与精神能力获取间的对立,例如"超现实主义研究办公室"的宣言:

> 通过文学我们什么都看不到。
> 但像所有人一样,需要文学服务于我们。
> 超现实主义不是某种新的或更简洁的表达方式,也不是诗歌的形而上学。
> 它是精神的解放法,以及与之相似的一切方法。②

该宣言以精神的名义向文学宣战,其中或许带有这位"超现实主义研究办公室"指挥者安托南·阿尔托的特殊标志。但此

---

① 参见,一方面,瓦莱里回应马拉美在《骰子一掷》中提出的问题:"您没发现这是一种疯狂的行为吗?"(《杂文》[*Variétés*],载《作品集》[*Oeuvres*], Gallimard, 1975,第1卷,第625页)另一方面,又说:"借助于狭隘而矛盾的屁股的思考,绝不允许屁股上长出鱼尾。"(《孤独》[Solitude],《作品全集》,第408页)

② 1925年1月27日宣言,载 Maurice Nadeau(编),《超现实主义》(*Documents surréalistes*), Éditions du Seuil, 1948,第42页。

宣言也具有普遍价值：它不仅是超现实主义学派的宣言，也是对纯粹文学理念的完善和改造。象征主义时代的纯粹文学，是将图像表现语言状态引向思想的直接语言状态：在黑格尔学说中，无关紧要的符号语言显然不是作为重返其自身的思考工具，而是当语言附着于表现、引导或是误导的话语之前，去适应思考的最初节奏、运动路线以及运动速度的语言。在马拉美的理性主义中，这些节奏希望成为"逻辑最初灵光乍现时"的节奏。当象征主义与人智学（antroposophie）或是其他某个启蒙学说结盟时，这些节奏就变成了安德烈·别雷①在《科吉克·列达耶夫》（*Kotik Letaïev*）中援引的"'圣母'的航海世界"中泡沫的沸腾。它们是意识与自我在精神生活中重新融合前出现的时刻，宇宙运动的某一时刻，直到"圣言像太阳一样爆炸"以及"观念、词语、意义的冰山解冻的那一日；它们被不同的意义所充斥"。② 作品的象征主义结构否认自身作为作品的形式，它是作为生活形式出现的。

"我们走向了**精神**。这确信无疑，这就是我所说出的神谕。"兰波之后的一代往往喜欢用《地狱一季》（*Une saison en enfer*）带有讽刺的预言文字，与"我被思"③的惊奇和唤醒小提琴琴音的

---

① 安德烈·别雷（Andreï Biely, 1880—1934），俄罗斯象征主义大师。——译注

② Andreï Biely,《科吉克·列达耶夫》, L'Age d'homme, 1973, 第 195 页。

③ 兰波认为，说"我思"是错误的，而应说成"我被思"（On me pense）。——译注

木料相统一。通过从事件报道中分离出文学的运动,文学变成了有关精神探索的见证。精神正是将诗歌的表达从话语以及作品被分隔的世界中解脱出来,将这种表达归还给生活,为文学恢复语言与思想的原始经验,其中,处于内在深处的思想被证实与其外在相等同,言语的最高能力与它通过原始的低语所获取的能力也相等同。"我的内在是空的:我自身的一切都外在于我:一切都开始萌芽而生。存在,舞动,旋转。'我'成为'我之外'(……)。这就是**精神**。我便在精神之中。"①"思想无饰的描绘"成为思想自行消散的漩涡。"精神和**一切与它相似的事物**的共同解放。"如果精神意味着衰弱,与精神相似的事物就叫做"疯狂"。精神的解放赋予之前的再现一个准确的对立面,不是表达也不是形式或音乐,而是精神分裂症的分裂。

文学、精神和疯狂于是进入一种吸引与排斥共存的复杂关系中。象征主义或是超现实主义的精神奇遇与文学中消亡的作品相悖,它显示为向源头转向的思想或语言经验,将作品归还精神,将精神归还给生活秘密的、沉重且奇特的力量。但一方面,这种精神运动存在于以另一空间为构成目标的文学中,该空间是言语所涵盖的言语功能场所。另一方面,精神运动将作品回归于生活之精神分裂功能,在一个中心点上,它碰到了相反意义的运动——通过文学言语,从疯狂走向文学,从精神所承受的分

---

① Andreï Biely,《科吉克·列达耶夫》,第179页。

裂走向自我的重新认知。阿尔托的写作风格——精神解放的展现，不能单纯地通过他与雅克·里维埃话不投机的交流来评判。作为文学杂志编辑的里维埃认为阿尔托的诗不能发表，而阿尔托则驳斥里维埃用"文学的判断"去对待他的文本。这些文本并非来自文学，而是他精神存在的体现，也就是文字窃取思想的轨迹，是一种逃避其自身的思想。阿尔托认为他提交给里维埃的不只是作品，更多的是一种"心理状态"。阿尔托驳斥对方的论据想必是建立在误解上了。因为正是阿尔托的这种"状态"吸引了里维埃：它所显示出的，也许是精神的正常功能与混乱无序的癫狂之间脆弱的边界，前者，或许可以看作是正常的无序状态，这正是瓦莱里曾经探索的领域，而后者，引导这种病态尽情宣泄，如果没有什么与其对抗或是将其阻止，它便走向分裂。超现实主义者这种与"文学"平庸作品划清界限的纯粹精神，对里维埃来说，是疯狂的灾难，思想的疯狂由于未遇障碍而尽情宣泄。总之，里维埃修饰并激化了作品和极度狂热之间福楼拜式的对立。而阿尔托拒不接受的也是这种对立。他的思想与诗的"损耗"之间的偏差，支配着他对思想和"作为这种思想产物"的诗的"真正的价值，最初的价值"思考。他把这一真正价值称为：一种"文学的"价值。于是他要求为诗歌恢复"文学的存在"，但这些诗并非源于文学。他认为这是基于病态的描写，他已证明自己具有"以文学形式存在的精神"。也是基于这"文学的"存在之名，他拒绝了里维埃的建议——将该"文学的"交流作为小说出版,即"把这生活的呐喊放在文学的层面上"。① 同样,文学既是打着精神生活的旗号、一纸空文的谎言,也是对这种生活中病态反抗的证明。这种疯狂内化为文学的命运,而文学正是对它的反抗,文学拒绝作品外在性的同时,也作为生活形态呈现。

于是在作品与作品的缺席之间建立起一种特殊关系。正如福柯所说,作品与疯狂彼此确实相互排斥。但只有当作品拒绝一切自主并作为思想的轨迹出现时,才能挣脱疯狂。在阿尔托那里,"文学的"(littéraire)依然是个形容词,修饰一种思想状态或是这种状态的见证。在这一点上,阿尔托接受了里维埃给他的建议:抛弃诗歌,出版一些文字,哪怕是把诗的节录当作文字的说明。这看起来是对诗人最侮辱的建议了。阿尔托却兴奋地接受了。他也顺理成章地接受了里维埃的观点:对自己病况的清醒分析要比效果的呈现更有价值。而一旦他认可这样或那样的分析对他来说是等同于"文学的"存在的轨迹或证明,那么它们便是文学的,尽管该观点将分析从作品中分离,并让它们成为生活所遵循的境况:"源自千百年灾难,痛苦、真实、无法解脱的惶恐。"②但这里并不涉及单纯的个人生活。这个生活的境况,也许既不是由作家阿尔托所述及的惊天悲剧,也不是阿尔托个

---

① 1924 年 5 月 25 日的信,载 Antonin Artaud,《未成形态之脐带》(*L'Ombilic des limbes*),Gallimard,1968,第 38 页。

② Antonin Artaud,给普雷韦尔的信(lettre à J. Prével),《作品全集》,Gallimard,第 11 卷,第 250 页。

人的病状。它也是象征主义作为文学准则去追逐的基本的语言矛盾。它是追寻"我们的终极至高分子(numérateur)"的最终形式,达到了马拉美所谓"最重要的空洞"的研究,这一诗歌神秘而根本的空洞,与通过词语和思想区分病人的空洞重合。"精神的疾病"也是将文学的自主引向"其"语言最根本的"不能自主"(hétéronomie)的张力极限。

有两种方法可以应对这种文学和疯狂的靠近。第一种是将真正的疯狂从虚构中彻底分离之时,使文学退回其专属领域,也就是把作品的语言和生活的语言分离。这也是形式主义事业的核心。这一事业已被潜移默化地转向自足性(自己本身具有目的)的倒错背离中,回到了诺瓦利斯的方式,就像回到它隐藏的不光彩源头,这种语言的方式只关心语言自身。[1] 而"自身目的"(autotelisme)的观点只不过是复原浪漫主义矛盾的单义术语,恢复作用于风格层面的分裂。在该层面上,聚合了再现的选题、布局和风格的三位一体。"自身目的"事实上是一种相对立目的(teloi)之间的往复运动,空间的旅行在浪漫主义语言往复交替的极端之间、在斯维登堡的神秘语言和施莱格尔的玩笑话之间展开。形式主义的核心就是在精神的神秘混沌中,建立起

---

[1] 茨维坦·托多罗夫(Tzvetan Todorov, 1939—)曾在法国作为热情的理论引入者,赋予理论一种简练的手法,参见《批评的批评:教育小说》(*Critique de la critique*:*un roman d'apprentissage*)。

关于玩笑话形态下的作品自律与作品的象征主义解体之间的对立。形式主义的确与浪漫主义的最初方式有关,但前者打着反阐释的旗号。当俄国形式主义理论家维克多·契克洛夫斯基(Victor Chklovsky)将他的同胞安德烈·别雷的《科吉克·列达耶夫》作为象征主义阐释的典型案例,事态发生了典型性扭转。以语言和意识重建一个孩子的诞生对于别雷来说其实是展示人智学学说的机会——把语言的力量与宇宙神话的浩瀚相关联。契克洛夫斯基的分析是在与这种语言起源的寓言相对峙:他的首次分析是在别雷作品的核心挖掘矛盾。将作品与精神广袤无边的运动相等同的意愿,被虚构的、图像式的、口头的方式颠覆。作者将他的象征抛洒到浩渺的原始神话中,而作品遵从自身逻辑,反其道行之。作品在走向原始沧海途中,将象征之粟收集起来重新归并到语言的游戏。它完成了一连串的隐喻,一种与"生活"语言相对立的词语的图像建构。作品的逻辑把一切象征推向比喻的价值。作品于是不得不转向比喻的阐释。比喻不是用传统方法对思想进行阐释。它不过是维柯所构建的语言与思想的原始形态。"吟游诗人的任务不在于把某种理念赋予字词的手段,而在于将一系列的发音排列,这些发音之间带有某种关联,我们称这一关联为'形式'(forme)"。[1] 语言与其自身之间

---

[1] Victor Chklovsky,"文学与电影"(Littérature et cinématographie),《词语的再生》(Résurrection du mot),Gérard Lebovici,1985,第 98 页。

的差异并不是它的双重基础,而是语言成分的重新布局。它所产生的便是形式,一种可以将意义的特性转移、延迟或加速意义运动的不同寻常的讲话方法。这是一种语言的顺序,它努力想去看到它本来的样子。这正是别雷想要再现的永恒象征,他只是制造了一个人物,也就是产生了一种言语(verbal)方式。

一方面是把语言引向原始大海的象征主义寓言,与之对应的是关于语言中最初选择的寓言。一方面是孩童充当精神的人智学史诗载体,与之对应的是在托尔斯泰的《霍尔斯托密尔》(*Kholstomer*)中开口讲话并企图理解人类使用形容词 mon、ma、mes① 之所指的这匹"马"。这个虚构的形象是一种独特的手法,它可以使任何对客体的描写看起来就像第一次读到,每一个小事件"就好像是第一次发生"。② 这就需要去领会风格至上的含义:虚构伴随着人物及事件的构成,成为语言游戏的结构。人物是言语的图像,是一种讲话方式;事件的发展是谜语或同音异义词展开的文字游戏。事件与人物群在平行和相对的关系中,作为这些关系的韵脚展开。作品就是展开的比喻。整个小说的真正主体,恰是这种延展本身,也正是小说卓越的示范,才有了关于童年的另一寓言:《项狄传》(*Tristram Shandy*)。混乱的叙

---

① 法语中表示"我的"的三个主有形容词,它们分别引导阳性、阴性和复数名词。——译注
② Victor Chklovsky,"艺术之方法"(L'art comme procédé),《散文理论》(*Sur la théorie de la prose*),L'Age d'homme,1973,第17页。

述由叙述者出生前开始,漫无边际的离题话想到哪说到哪,又与小说形式的简单再现相统一,这种形式建立了小说的真正主体。

正是专属于诗歌语言的这一推动力,将它独立的法则强加给创造者的意志,亦或是传输给精神的混乱无序。但这些法则并不是摹拟自身的语言法则。"自身目的"的指责也有失偏颇。契克洛夫斯基在托尔斯泰的叙述中看到的"形式主义"诗学,与伏尔泰笔下休伦(Huron)的战斗诗学一致。他也分析了契诃夫最初创作的短篇小说,即创造出假象,并在结局化为乌有,一种手法上工于心计、效果出人意料的诗学,这一手法也为埃德加·坡所青睐。这种诗学说到底不是别的,它仍是建立在人物谬误之上的亚里士多德的情节,与玩笑话的结构完全对等的悲剧情节。① 马拉美的任何尝试都可以被视作将这种技巧诗学与基本用语的象征主义理论相结合的矛盾意愿。形式主义者解决了这一矛盾:诗歌语言是方法的语言,通过这些方法实现了意义的另一种形态,形式在语言产生意义之时,在语言正常使用的对面出现,在它所说出的东西背后消失。形式主义的形式遵循着它的二行诗、短诗或是同音异义词文字游戏的原则。而这一语言的另一指望属于经验世界。它没有将交谈者与语言的孤独相对

---

① "精神词汇总是通过隐喻从预先提出的策略着手。涵义的显而易见通过从一种立场向另一种的转向加强,于是精神就会对自己说:是的,正是如此;是我自己搞错了。"(《修辞》[*Rhétorique*], III, 11, 1412a, 19—22)

照。它将交谈者与游戏者对比:一个是爱说俏皮话的人,一个是隐喻家——粗野之辈或是别的什么人——书写的艺术不断用新的目光将他们作为艺术的原型去看待。

阻碍象征主义分解的,不是浪漫主义理论——属于语言和文学——自身目的的最终实现。通过对埃德加·坡的人为主义诗学和斯特恩的想象力的参照,确切地说,是某种类似现代亚里士多德学说的东西在起作用:虚构的思想,正如玩笑话成功地将词语从使用和预期效果中分离。一种亚里士多德学说被隶属同一属性的再现的浪漫主义革命所解救,然后该学说在象征的障碍中再去解放浪漫主义。于是与体裁的诗学和生活-诗学相对应的,是形式的亚里士多德-浪漫主义诗学:诗-短诗,叙述-同音异义文字游戏,小说-对句(二行诗)或小说-偏离主题。任何虚构故事或者任何隐喻都是一句玩笑话。于是,诗歌与语言形态的等同,不仅相当于主题的平等,也与虚构故事长久不变的力量相吻合。总的来说,文学的实质可以与语言的游戏用途相一致。那么,"幻想"这个古老词语和"方法"这一新词也就可以相提并论。

就这样,文字的和其精神的文学冲突趋向于被分配到两个极端:一端是具有分裂力量的精神,在作品的退化甚至是不可能性中提供了文学的真相;在另一极端,精神成为精神的策略,能够通过语言可能性的系统探索,产生一些始终保持新颖的形式。一方面,文学言语变成了一种神圣情感(pathos)的表达,成为说话者境况的必要体验。另一方面,它体现了表演者和制造者的能力。在某种意义上,文学的这两种形象,作为说话者的基础行为和纯粹热情,只是意象-非意象性作品的浪漫主义矛盾两种措辞之间相对立两极的设定。这两种形象分别由埃德加·坡和阿尔托之名象征,直至今日也从未停步地滋养着关于文学的对立说法。而在他们的相对中,二者的形象甚至产生了一个共同影响:抹去文学的内部矛盾——文学极力想要掌控的必要形式和无关紧要的内容间的矛盾。二者的形象同时也转移了文学的重心,将文学从作品放逐到说话者的想法,并通过文学经验与之等同。在这片文学的土壤上,为精神所苦的人类的单纯情感和形式创造者的游戏行为,二者也能够在虚构人物的同一形象下汇合。

艺术的所有形式溶解于精神的基本经验,精神机能的魔力为一切语言材料赋予了形式,于是二者便能相提并论。在距离第一次提出《超现实主义宣言》三十年之时,布勒东宣称"le jeu"(游戏)作为超现实主义行动的本质。① 然而这是为了和怀金格(Huizinga)一起做出补充:游戏本身显示为"我们在宇宙中境况的超逻辑特征",以及正是源自这种"游戏的初衷",诗歌的才华

---

① "虽然出于某种保护措施,这一行为在过去时而被我们说成'实验的',我们还是首先从中寻找一种消遣性。"("他者之一"[L'un dans l'autre],《诗歌及他者》[*Poésie et autre*],Le Club du Meilleur livre 1960,第299页)

才得以产生自觉的贡献。尤其是德勒兹的虚构观,它示范性地将语句的游戏适应于分裂解体的体验。卡夫卡小说中萨姆莎的变形,或是梅尔维尔(Melville)叙述中抄写员巴特尔比(Bartleby)的固执,在德勒兹那里同时是契克洛夫斯基(Chklovsky)或是埃德加·坡的"表达形式",也是从两个体系之间到《科吉克·列达耶夫》的形式过渡的虚构形象。在巴特尔比的"我宁愿选择不"(I prefer not to)里,德勒兹同时读到了表达形式,以及成为语言表达形式的人的单纯戏剧功能,还有这些大量故事中的一个:"基于一种普遍的默契功能,精神病成了他的梦魇,精神病不再源于父亲,而是在父亲功能之毁灭上构成(……)。"①虚构的理念于是连接着技巧艺术与精神的生命经验这两极。作者是魔术师,也是为自己治病的医生。文学是表达形式和神话,是虚构的游戏和诊所,精神病患的胡话在这里治疗着偏执狂的谵妄。

而文学行为的阐释,在将文学禁锢于表达形式和神话的游戏中时,在形式的话语与临床的话语之间,试图消除书写之争——形成文学特性和作品悖论的母体的写作之争。甚至当作品着手实现文学的本质,并遭遇了作为该实现原则的"精神生活"时,文学行为的阐释消除了居于作品中的紧张状态。普鲁斯

---

① Gilles Deleuze,《批评与临床》(*Critique et clinique*), Édition de Minuit, 1993,第101页。关于这段文本的深入讨论,还可参见我的文章:"德勒兹与文学"(Deleuze et la littérature),《词语的血肉》(*La chair des mots*),前揭。

特的质疑正是从该消除的角度产生了意义:如何让文学逃避"表达的严肃性"与"主题的无意义"之间的矛盾? 而同样,如何防止文学深陷其固有的严肃,使作者堕入精神的深渊? 普鲁斯特作品的典型性在于,当作品的组成部分正堕落于形式的奇技淫巧和精神的神圣情感(pathos),他已然坚持将文学矛盾的整个舞台恢复成记忆的方式。所以在同一部作品中,在其形式与内容相符的意愿中,纯粹行为和单纯情感的表现手法被重新分配。普鲁斯特矛盾的宣言应当从这个角度来评判。其实我们知道,在他的信件或是谈话中,也包括在呈现《重现的时光》的诗学艺术时,没有任何相悖的命题,哪怕是逻辑问题或者不成立的说法。他告诉我们,《追忆》是一个虚构的创造,是一部"独断主义"作品,其中,一切都是作者出于论证的目的制造的。可是这本书"在任何程度上都不是一部说理的作品",因为任何一个微小的部分都被普鲁斯特的敏感所填充。[1] "包含有理论的作品,就像一件贴上价格标签的物品。"而这一命题本身就是从几十页的纸张上,在理论的铺展中获得的理论。我们必须去阐释我们的感觉,它们"就像规则与念头的符号那样多"。可什么是规则的符号? 作品是一座大教堂,或者说它是一条裙子,由新的碎片一点点填补而成。可什么样裙子会这样缝?

---

[1] 埃利·约瑟夫·布瓦访谈(Interview d'Elie Joseph Bois),载《重现的文本》(*Textes retrouvés*),P. Kolb编,《普鲁斯特笔记》,n°3, Gallimard, 1971,第218页。

看待普鲁斯特的每一个表达中所引发的矛盾或是模棱两可,有一个简单的方法。它在于将作品与作者关于其主题的说法割裂,并依靠作者所处时代意识形态的透镜揭示其自相矛盾,普鲁斯特也正是用这样的方式观察自己的作品。而在一部主题本身就是关于作品的可能性的小说中,属于作品本身的东西和属于其意识的东西应在何处标示?为此,应当删去书中关于作品的所有言论,以及为了阐明它们而构思的情节。要以尊重作品本身为借口去打乱作品结构。如果出现了矛盾,它所作用于的不是作品与其意识的关系,而是产生作品的准则。这一矛盾与文学本身的矛盾有关。普鲁斯特想协调矛盾,赋予矛盾一种与其形式相适应的材料。但他的初衷也是把双刃剑,把一个矛盾引向了另一个矛盾。正是在无止境的矛盾转移中,作品和精神的所有矛盾兜着圈子,无所谓的和有必要的,意象的和非意象的,技巧的和情感的,从而作品找到了它的原动力,即文学矛盾的原动力。

普鲁斯特的出发点,是推翻被讲述内容的无差别和形式的必要之间的矛盾。作为作品必要材料的根本经验产生了什么:从石板的不平整中产生的快乐,从透过遮挡窗户的绿色薄纱看到的那一幕而引发的意乱情迷,抑或是向一言不发的树木道别?"应该用这些创作小说并进行哲学研究吗?我是小说家吗?"①

---

① 埃利·约瑟夫·布瓦访谈,载《重现的文本》,P. Kolb 编,《普鲁斯特笔记》,n°3, Gallimard, 1971,第 61 页。

带着既本质又偶然的经验材料,文学拥有了摆脱双重绝境的材料:将形式卷入主题的微不足道中的福楼拜式的无意义;走向书写停滞的马拉美的本质。而材料的问题在形式问题上复苏,不仅仅作为个人的问题(当我们没有想象力时如何写小说?),而是普遍问题:如何思考实现了文学材料和其形式相结合的"艺术的形式"? 如何超越福楼拜的"无意义"(frivolité),同时又不必陷入灵光乍现的预知力和喋喋不休的长篇大论的巴尔扎克式分裂。当然,普鲁斯特作为《一千零一夜》的忠实读者,已经掌握了打开这扇或那扇门的钥匙,打开材料("印象")的岩洞和通向形式("布局")入口的口令。不过,这两个神奇的口令,每一个看起来都会产生与另一个背道而驰的诗学。二者又分别强加给作品与对方相对立的逻辑:印象随时以及永远能提供钥匙,而结构决定着这扇门被打开的唯一时刻。当然,凡事都有两面:印象(感受)是纯粹感受和被书写的文本之间、内在和外在之间不可能的融合。结构是章节的平衡和象征符号的架设,是德鲁伊特的教堂和石子。于是它是所有被呈现的文学的布景,或者是"诗中之诗"。而文学呈现的形式在精神中又同时摒弃了文学的两种损失:与玩笑话巧妙的表达方式的相似,以及与其精神外化进程的一体化。在形式阻止二者的时候,在形式作为它们相互之间否定运动的情况下,形式回避了这两种损失。

对材料问题的全部回答可以总结为一个词:"印象"。书本的材料只有作为"必要的",才能成为"重要的"。只有当我们有约束地做出选择,当我们别无选择时才是"必要的"。这种非此不可的必要在普鲁斯特那里尤为明显:必不可少的材料,是作为符号的印象,是已然成为文字的印象:当印象同时感受到两个时间时,它形成的不仅仅是双倍的印象。它可以作为双倍的印象,是因为它是迷失方向的冲撞,它破坏了世界的坐标,它将周围世界退回到原始的混乱,而反之:神圣的符号构成了意义并发号施令,它使万物照应并支配一种使命。狄奥尼索斯的王国也是阿波罗和赫尔墨斯的。叔本华"意志"的无形世界,同时也是斯维登堡的交感空间,而维希或黑格尔的可感知图像的语言,还在等待它们的意义。冥想所产生的念头不仅仅是精髓,也是书写的文字和源泉。从这里出发,内部和外部的双重和谐开始有条不紊:对世界的感知被记录在难以察觉的内在深处,铭刻在需被破译符号集的特定形式下。在不关心文学的游手好闲者和缺乏想象力的作者背后,有一个精神的自我——能够并必须在自己身上找到一切可感知印象的精神等价物的主题,藏在三座钟楼或三棵树的关系背后的秘密。

而这种精神性产生了一种奇特的形式。这是种"假象",能够在现在和过去的同一感受中同时被感受的本能技巧。用康德方法论的准目的论(quasi-finalité),让我们身上的符号记录以更为古老的表达方式重现:"苹果树的每一片叶子,每一朵花,都让我陶醉于它的完美,超越了我对美的期待。而同时,我感到在我心中无法言喻的美,回应着这一切,我多希望我能讲述它,它应该就是苹果树花之美的缘由。"①当然,技巧首先是作者反复精心加工,并融入灵感以期达到一个清晰的目标:在起因与结果之间辅以最大的差异,在感知的寻常(十字路的高低不平,叉子或者门环的嘈杂声)以及感知所展开的丰富的精神世界之间,利用原始的隐喻,确保浪漫主义诗学矛盾原则的融合:即主题的无差别和精神语言的本质性。

老实说,因为在自我深处没有任何可以阅读的记录,在三座移动的钟楼背后也没有任何可以获得的隐藏秘密。它们所产生的独特秘密,与奏鸣曲或是七重奏编织的乐句所透露的秘密也没什么不同。泄露秘密的文字总有一个共同原则。三座钟楼移动变换的景象与精神等价物,只是经过自然支配和艺术形式的隐喻-对应链,把钟楼的石块变成飞禽、天空的装饰和虚构的年轻少女,在它们变得模糊和消失在黑夜之前。三座钟楼的"背后"正如此,就像凡德伊的音乐短句"背后"是纯净乡野的拂晓,或是暴风雨吞噬的海上升起淡红色的太阳;白鸽的咕咕叫声或神秘的公鸡高唱;贝里尼温柔而勇敢的化身或曼泰尼亚②的大天使;或是在一条毛巾生硬的皱痕"背后",是"如孔雀羽毛般蓝绿色的海洋"。和风图案或是由感知在自我深处留下的底片的

---

① 笔记12摘要,《普鲁斯特笔记》,nº 7, Gallimard, 1975,第191页。
② 贝里尼(Bellini)与曼泰尼亚(Mantegna)均为15—16世纪意大利著名的绘画大师。——译注

显影,只不过是文字的展开。为此,需要辨识的浪漫主义象形文字图像等同于科学的图像,后者是将两种不同客体的隐喻关系与被归入因果规律的现象相比较。象形文字和规律是可以相互替代的,不是因为世纪末科学世界的结构与精神世界的奥秘之间的混乱,而仅仅是因为二者都同样是隐喻的隐喻。秘密的解译,就像法则的论证,只不过是假象的展开。从声音到图画的过渡,从音乐会的小提琴到歌唱的小鸟,由小鸟到双颈诗琴或到奏乐天使的号角,从矿产到植物,从植物到人类,从器皿到飞禽,从空气到海洋,从苏醒到中午再到夜晚,在这些过渡中,隐喻的链条创立了一个宇宙起源论。作者说,这关乎去分辨或是阐明在我们身上被记录的印象,它是真理的物质痕迹。而这种印象的双重痕迹只不过是文字的梦想。书本中的文字取决于双重先定和谐(莱布尼茨用语):纯粹印象作为事物的内在叠韵被展现,而精神的韵脚早已由生活所赋。这种印象在被精神描述时就已一分为二。从普鲁斯特的"一切尽在精神中"的两义性来看,向"内在生活"的呼唤好像与小说从另一角度告诉我们的东西背道而驰:相反,一切皆在外,在阳光或是迷雾的潜能中,在陶瓷碗或是我们将点心浸入茶杯的潜能中,在刀叉发出的嘈杂声的潜能中,产生出了独一无二的精神生活。而矛盾本身成了假象的一部分。事物的韵脚和内外在的协调都不过只是书写的产物。因为纯粹感知打击并破坏了协作与信念的规则世界,而感知什么都不记录,它不储存任何显影,仅仅是去生成。感知特有的品质和它所获得的快乐都源于感觉是唯一的,并且只反映它本身。感知可以诉说,但它不记录任何信息,它就是象形文字。"内在的象形文字"只不过是对立的"一"和隐喻的"二"之间无法统一的隐喻。真实生活的线条用文本串联起印象,这完全是为了建构。精神不过是隐喻的作用,该作用将阿尔帕容(Arpajon)沙龙变成了黄蝴蝶,将斯万的沙龙变成黑蝴蝶,水和放在维沃纳河里的水瓶相互映照,与其他清晨并无差异的某个乡下早晨,牛奶和陶瓷碗、火的气味和从前的孩子相映成韵。

最伟大的发现是,正是作品照亮了昏暗的感知,它成为一种同语反复。"阅读"只能是写作,"底片"的显影只能是幻灯的彩色玻璃透镜。精神生活既不在内也不在外,它在写作中无处不在。它们是独一无二的隐喻,呈现并繁衍着打破惯例和信念束缚的纯粹感知的"一"。隐喻肩负着双重职责。隐喻其实统治着秩序和混乱。它将遥远的客体放在一起,让它们靠近和对话。同样,它也扰乱了再现的法则。在埃尔斯蒂尔的画布上,是隐喻依照视线的忠实,以及幻觉的特性,调换了大地和海洋。用隐喻-变形编织的绳索适应着再现的晃动,发挥着它的统治。不仅如此,这根绳索还将再现的踌躇固定在颓靡的边缘——让它或即将让它在现实的土地上踉跄奔跑的边缘,而现实的土地就是再现世界的寻常组成。混合着所有组成部分的变形的齿轮,是一种再现的分解,与另一种再现相对立,与这个夜晚的混乱相对立,夜晚并非只切断每个白天,它也隐藏着白昼的法则。"精神生活",作为文学"终将拨云见日的真实生活",它是隐喻的编织,这些隐喻伴随并阻挡着世界的摇摆,在夜与梦的边缘,在习惯的——或是再现的——以及原始混乱的稳固结构边缘。"永恒崇拜"或"圣星期五的奇迹"的曲调,回响在盖尔芒特的院子和书房,奏响在崩溃和恐惧的黑夜深处,它开启了《追忆》的乐章并部署了所有"主题"。叙述者所颂扬的是属于每一个体独一无二的视线,而非由探险者从本质的理想王国带回的宝藏。从精神分裂症的分裂中区分出诗学的"去个性化",其中脆弱的界限便由这种视线所标示。在向内在的未知领域探索时,追寻者发掘着个中诗意,诗意的多少与沉湎的深度密切相关,而在这一科学而诗性的意象背后,普鲁斯特描述了另一画面,为了模糊《追忆》最初的情节而安排了某个时间,将沉睡者短暂的苏醒与果酱罐在瞬间唤醒的被意识的生活相重合,在感受无边黑夜的同时,也向往"立刻置身于那个摆放案板和壁橱的地方,重新品味果酱和当日的懵懂,愉快地浑然忘我"。① 在这两个不同画面之间,安排的恰巧是作品的最重要的悖论——精神"难以理解却可能存在的"作用从他睡梦的一端走向另一端。② 在这两个边缘展现着阿里巴巴山洞的隐喻:阿里巴巴把世界的晃动封存在原始的洞

---

① 笔记5摘要,《普鲁斯特笔记》,n° 11, Gallimard, 1982,第259页。
② 给安德烈·兰的信(Lettre à André Lang),1921年10月,《书信集》(*Correspondance*),第20卷,第497页。

穴中，一千零一夜的书写不是为了延迟死亡，而是重返沉迷壁橱中瓶瓶罐罐的夜晚。维吉尼亚·伍尔夫在《达洛维夫人》(Mrs Dalloway)中，将这种"麻醉"与疯狂相同化，附身于赛普蒂默斯(Septimus Warren Smith)这个人物，最大限度地塑造了这个疯子，也是作品的牺牲品，从某种程度上说，也是自《唐璜》以来，写作行为的最高超支配者。

于是现实的作品和虚假的艺术之间无从区分。印象的双重标志是书写的虚构，而这一虚构完全在书写过程中获得。它想象地支配着寓意的展开，这些寓意在再现现实时，产生出与事物头韵相押韵的内在作品的隐喻。虚构在作品的内外之间的运动中获得，它也是昼的苍白与夜的漆黑世界之间游移的路程。在将写作与生活连接又分离之时，"文字的虚构"在文字的世界中，与"精神以及一切与精神相似的"混沌世界和解。这也是在并不知道建构的初衷时，普鲁斯特并没有更多地去建构他自己的精神分裂症的逻辑协调的原因。[①] 因为这一建构的初衷并不仅仅是作者的宣言，它也用最冒险的方式，随时在作品中呈现。结构布局是阿里巴巴岩洞的另一把或者说伪造的钥匙，是另一种解

---

① 在这里，我参考了吉尔·德勒兹的《普鲁斯特与符号》，在这本书相继不断的出版中这方面有越来越多的倾向。第二版(PUF, 1970)中发展了独立的各个部分的主题，使《追忆》成为一部"反逻辑"机器，与一切有机的逻辑联系相对立，结尾部分还增加了一篇文章《疯狂的功能》，将作品的网络与带有精神分裂的叙述者的细枝末节相统一，在夏尔吕斯的疯狂与阿尔贝蒂纳的色情之间伸展。

决作品矛盾的方法,是转移印象矛盾的另一种方法。

"印象"交给"建构"去解决的矛盾,其实也是双重的。首要问题也是最容易被察觉的:人们不会用一些灵感来写作。印象的诗学允许用散文的形式写诗,但不能写小说。于是应当用打开洞穴之门的方式,将灵感串连在叙述的秩序中,在认知的情节中,达到亚里士多德的认知程度。总之,浪漫主义诗学只有通过认知的传统情节才能呈现为小说。而一个更令人生畏的问题产生了。因为小说的焦点与解开症结的传统规律指向的是对未知的认知。而未知在《追忆》中从一开始就成了已知的。叙述应当开启的那扇门,从一开始就由隐喻的作用打开。因为从主人公感受到玛德莱娜的味道起,就已经能够掌握本来应当在故事的结尾才应"揭示"的想法,而说话的作者,通过同一张嘴早已将此展现给我们。不止如此,作者也已经将这一发现用于对马丁维尔的三座钟楼的描绘实践中了。贡布雷的年轻人已经掌握了如何去破译世界的象形文字。叙述建构于是并非体现对未知认识的必要性,相反,它远离了从一开始就是主人公随手可得的认知,将真相推迟,这种真相是印象诗学早就释放的真相,而真相只有在冗长的叙述形式下才能偶然获得。亚里士多德学说从未知到已知的叙述规则,首尾呼应以及从无意识的真实到有意识确信的黑格尔曲线,它们看起来都有了对立的表象:斯特恩叙述的自由游移,让我们在项狄出生前就已迷失于他生活的迷宫。《追忆》严密的逻辑就是由无止境的离题话所呈现的思考方式。

也许可以为离题话制造一种适应规律的假象。主人公需要穿越一切阻挡他抓住真相的诱惑,而开启作品的真理之路就近在咫尺。他要熟知艺术功能与美学狂热之间的对立,狂热是通过斯万这个人物体现的:想将艺术融入生活,想在奥黛特身上找到乔尔乔内(Giorgione)的画作,想把凡德伊的短句变成他爱情的"民族赞歌"。同样他也需要在爱情的煎熬中学会认识命中注定的幻觉,幻觉变成存在的个体,去体会在巴尔贝克海面上移动的光亮带来的单纯幸福,流动的和共有的美一定是他曾经心满意足地去"辨识"与"探寻"的东西,当他看到排成一排的小姑娘交替出现,好像三座钟楼的排列方式,自然的支配和艺术形式并行于隐喻的巨大齿轮上:石珊瑚,成群的海鸥在沙滩上留下的足迹,发光的彗星,佛罗伦萨画卷上的三王,肖邦的音乐短剧,鸟儿们的私语以及希腊海滨向阳的雕像。

从唯美主义者的虚空和恋人们的痛苦中,主人公必须学会对立推理(a contrario)出艺术的意义和正确使用隐喻的方法。应当穿越谬误的圆,去占据真理的土壤。由作者走向读者的示范的必要性,如果将它变成虚构的逻辑,变成一条主人公的发现之路,那么它就是一个圈套。因为如果真相并非源于经验的产物,而相反,是在印象的碰撞中产生,主人公便无需从这个在他面前不断彻底改变的经验中学习什么。他当然能够获取感情或社会规则的认知,我们可以用属于第二类认知的斯宾诺莎术语将它们命名为"智力的真相"。然而,从这种论证的知识,到真相的冲击或是到作品文字的功能,其间有一段脱节。虽然他知道在幻觉中,爱情和世界都会改变,主人公却并没有向偶然的灵感染指,这种偶然的启示会让他走向一条相反的道路,使产生爱情之苦的幻想在艺术的隐喻中和解。主人公总是离作者如此遥远,后者在旅程的路途中,以切身的痛苦,实施着相反的行为。所以最初尝试的叙述形式就是一个假象。威廉·麦斯特支离破碎的冒险使他拥有一种智慧,这是那些与他的故事一起游移的人已经拥有的智慧,但麦斯特没有写出来。他只是把自己虚构的躯体交付给作家歌德。同时,理论家弗里德里希·施莱格尔可以将他的冒险经历与诗中之诗的发展相契合。反之,反艺术的谬误井井有条的呈现,以及由《追忆》的主人公所获得的认知,并不足以使他成为一位作家。学习的道路和成为艺术家的道路从来没有交汇的理由。若要使它们联系起来,就需要灵光乍现的感觉演绎其转变形势以及和风花朵(樱花)的双重角色,前者能够停止无止境的游移,后者则潜在地包含着作品。

结构布局给印象带来使命,反之印象也给结构分配了任务。在这一规则中,双方都同时具有进行分裂以及结合的功能。结构将灵光乍现的感觉放在小说的脉络中,同时结构又排斥最靠近这一感受的启示。印象为了产生联合,而中断最初尝试的叙述结构,因为它无法在作品和生活之间进行。也许这一双重作用能够带来一种双重阅读。第一种产生断裂,并将这种断裂与实际作品和寄生于作品的话语之间的距离相统一。与写作的真相和诗中之诗的浪漫主义虚构相反,它让那些由外界与情绪的穿梭产生的认知与描绘变得有价值。第二种阅读跳过断裂,在司汤达所谓产生于恋爱的结晶作用和巴尔扎克的人间喜剧的叙述面纱背后,让形成天赋这一哲思的尝试变得有价值。[①] 但这样或那样的阅读也许又错过了问题的核心:如果《追忆》可以被看作诗中之诗的诗歌浪漫主义规划的实现,它的实现只有通过缺陷完成,该缺陷将此诗从彼诗中分开,也借助从结构到印象,或从印象到结构的参照,以及通过联合和分裂之功能的统一去完成。在将真实的生产与建构的示范统一时,诗中之诗不会囿于任何辩证法的实施。只有在暴露其矛盾时,并且在把矛盾变成作品构建的准则时,变成作品和关于作品的言谈之间、生活经验与艺术技巧之间的参照时,它才出示文学的"证据"。这两个方面只有通过它们的分裂才能产生联系。作品"封闭"的表象是其无穷的运动,无穷性否认黑格尔的"恶"的无穷,以及艺术行为无休止自证的宿命,它也同时建立了虚构的不可识别性空间,在这个空间中,诗和诗中之诗,内在和外在,作品和关于作品的谈论都在联合并分解。从"印象"到"结构"的转换,并不是令人着

---

① 关于第一种阅读,参见 Vincent Descombes,《普鲁斯特:小说的哲学》(*Proust. Philosophie du roman*), Édition de Minuit, 1987;第二种阅读参见 Anne Henry,《马塞尔·普鲁斯特:一种美学理论》(*Marcel Proust. Théories pour une esthétique*), Klincksieck, 1981,以及《小说家普鲁斯特:埃及古墓》(*Proust romancier. Le tombeau égyptien*), Flammarion, 1983。

迷的真相和被构造的真实之间对立的辩论。作品的真相,即文学行为的真相就是这些真相之间的冲突,运动让这些真相以相互联合和相互抵抗的方式实现。

从这里出发,为了定义作品的构成原则和其结构的有效性,关于建构隐喻的关联性的矛盾推论便能够进行自我评估。尽管普鲁斯特可以去谈论关于作品的完全虚构和精心布局,我们也清楚地知道,随生活境遇而变,他纳入了被搬移过来的传记成分,以及一些未曾预料的事件,比如1914年的一战,或是《费加罗》报重新刊登的文章。然而德勒兹则截然相反,他试图建构一个普鲁斯特"无器官身体"的严密逻辑:既无法隐藏小说中固执的目的论——由一种写作尝试酝酿和从两端开始起笔的目的论,也无法掩饰伴随整个文本不懈增加的对称效果。普鲁斯特确实不断地将新的传记元素或是形式的碎片,注入到叙述的所谓精心设计的秩序之中。的确,他立刻就将这些情节与另一些情节对称起来,他把这些与另一些清晨相押韵的上午放在必然中,与过去对称的现在,就像将书房和海洋,幻灯影像与神话里的诸神,一切布景和它所反射的东西,以及一切内容和它所包含的东西对称起来。战争是无法预料的外界事件,当战争把这些情节变得对称的同时,也允许作品的发展趋势产生变化。贡布雷连同弗朗索瓦丝和从巴黎的住所里搬移过来的园丁的对话一起再现,或是在东锡埃尔和圣卢的高谈阔论,变成了写作的初衷。絮比安的商店气窗变成了妓院小圆窗;城市,在经历炮弹和飞机掠过之后,重又变成乡村;圣安德烈的"法式"教堂的雕塑群像将灵魂传递给军人。生活组成部分无序地插入,总是不断地宣布"结构的和预先策划的"诡计。而同样,小说的"建筑学"可以无限地整合这些在挑战一切结构的法则时增加的材料,也能够在叙述的推进中,将碎片放在线性的轴心上,或是将它们分配到对称的空间中。因而,叙述的"建构"就是双重的。在这个建构中从来没有将教堂的整体模型与最千变万化的碎片构成的产物的偶然式样相对比。因为"整体性"是一个全然特殊的类别。普鲁斯特的诗学其实从根本上利用了浪漫主义大教堂的特定布局,包括它的多重性。大教堂是由建筑师精心设计的结构,它的拱顶要精确无误地联接。而大教堂也是雕刻作品图像的丰富呈现,它们隐喻着灵魂。大教堂是从石质厅堂转向祭台区的数学和宗教的布设,是从教堂后殿的环形小祭室到多种多样的陈设;由铅条的轮廓和从中透过的光线构成的玻璃彩窗图案,它们的色调又反射给教堂的石块与线条;外表的壮观和溶于阳光的石面。书中展现的所有成分都可以从中找到类似彩绘玻璃窗、雕塑或是柱头的对应位置;每个被利用的柱头同时或分别又作为隐喻的细节或是叙事结构的支撑。①

---

① 关于大教堂的隐喻分配给各个部分的繁冗,参照 Luc Fraisse,《教堂作品:普鲁斯特与中世纪建筑》(*L'Oeuvre cathédrale. Proust et l'architecture médiévale*), José Corti, 1990。

大教堂于是并不是作者用于掩饰零乱无序的作品虚构,也不是将所有插入元素变得合理化的技巧。它是虚构的机器,通过将线性的叙述移动到隐喻的齿轮,在作品中安排文学准则的冲突,分散秩序并整理了混乱。它更像是一部理论的机器,掌控着浪漫主义诗学的所有组成部分以及所有矛盾,正是这些矛盾让作品分裂,也让作品在精神生活中分解,目的是让它们与作品和解,让它们成为这些虚构建筑的组成部分。"和解"何尝不是马拉美曾经的伟大梦想。而当文学渴望拥有自己独有的语言并将置身于专属的空间时,这个梦便终究是南柯一梦。马拉美的设想从戏剧性阐释的旧例词(Paradigme)和音乐化的新例词之间获得文学。他希望在一个专属于文学的舞台上——模仿思想的篇章或大写书的戏剧表现艺术——去展现从旧戏剧中搜寻幻影的音乐所重振的精神。马拉美遭遇了文学的悖论:文学只有向再现法则借用其中某条准则时,才能为文学自身的矛盾准则恢复一致性。按照浪漫主义革命的"语言学"精神,马拉美在言语的现实性准则中寻找交点。他试图将文学作为言语的表演去完成。马拉美的失败,首先是言语发生的地点和戏剧的场景之间分离的展现。文学在这一场景中找不到认可。因为文学的原则是看和说的分离。再现的艺术是在引人注意的同时去展示的言语艺术。文学的艺术是让人看却不是展示的艺术,是那个我们进不去的房间,或是使叙述的地形分裂的岛屿"令人失望的"艺术。这样,它就能够将被区分开的看与说的功能集合在一起,但仍有一个前提:言语,并不是以看的方式示人。戏剧未来的故事是这种独特启示的故事:言语在戏剧场景中,不再被取代。言语既有过度物质的一面,也有时显得物质不足。基于言语艺术对作为其悖论的特点表露出的失望来说,是"过度物质";对于诗在成为身体或事物的语言时,从力求避免损失的具体化来看,言语又"不够物质"。戏剧舞台将从此成为这种不协调的剧场。为了调整这些特征,需要将我们称为新艺术的东西搬上舞台。

文学,有自己"别的"场所:将小说以及关于小说的话语联合并分离的令人失望的言语空间。而不是在言语找到其化身的某个场景中;相反,在这个言语空间中,文学不断审慎地估量着这种具体化的不足之处,同时文学放弃了将文学艺术从共同文学性中分离的专属语言,也放弃了一个独有的舞台——文学为了做出"证明",将消除作品和关于作品的话语之间的偏离。面对马拉美无法完成的证明,普鲁斯特独特的成功,是基于这些假定的条件。而非对这些条件的简单接受。因为从某种意义上说,普鲁斯特也在不断反抗这些前提条件。他开始于用精神的专属语言写作的象征主义命题:一本"沉默的孩子"之书,"与孩子的言语没有任何共同之处",书中的句子或情节是由"我们最美好的时间清晰透彻的实质"创造。① 当然,没有哪本书会来自这一实质,同样,音乐也不是在七重奏的停顿中成为高尚灵魂相互交

---

① 《驳圣伯夫》(*Contre Sainte-Beuve*), Gallimard, 1971, 第309页。

谈的纯粹语言。"人性被卷入其他道路",原始的纯粹语言,从凡德伊小姐邪恶女朋友的口中说出,而她是唯一"诠释"音乐家象形文字的人。整个《追忆》可以被看作"阳光的斑点"构成的想象作品的变形。只有在音乐的幻想和音乐的虚构化之间的差异中,在发光的语言无常的语句和在透彻的实质中难寻的"情节"之间,音乐或许可以与书"和解"。文学本身仅作为文学的虚构存在。而绝不是存在于同时展现和隐藏"秘密"的讨巧故事形象中。它更像是从一个边缘到另一端的无限过渡,从生活到作品,从作品到生活,从作品到关于作品的话语,从关于作品的话语到作品,只有当断裂变得可见,无限的过渡才得以进行。

结论

一种怀疑艺术

"如果说,就算借助任何通往执着的相继状态,都无力迫使自己从印象来到表达,我们就像是在流浪。"①这句著名的话不经意地说给漫不经心的读者,出现在《重现的时光》中。对于持批判态度的读者,这句话却有待推敲,"表达"和"印象"这两个词充满怀疑意味的多义性值得关注,而从前者到后者的"改变"究竟意味着什么? 为了更好地理解这句话以及文学的"虚构"功能,也许应该将它与另一位普鲁斯特同时代的作家所提出的论点对照,这位作家在自己公开或私下的文字中,以文学之需要为名,去反抗文学,进行着无止境的战斗。瓦莱里在《罗盘针上之诸点》(*Rhumbs*)中说:"古典艺术的最大好处,也许就在于它为了表达事物,在遵从符合规定的先决条件同

---

① 《追忆似水年华》(*À la recherche du temps perdu*),第3卷,第882页。

时,做出一系列变化。"①这种方式看起来与普鲁斯特的方式很接近。但就在二者微妙的差异中,上演着所有应被文学重视的问题。因为瓦莱里对"古典艺术"的参照在普鲁斯特从印象到表达之路上制造了鸿沟。古典艺术特有的优点是线条,是线条使"观念"脱离自身而成为诗歌。"拉辛用精妙的观念替代物推进着主题。他将观念融于诗歌的曲调。"②这一古典的优点对瓦莱里来说是双重的。当观念变成诗歌时,它是话语延续的线条,是规则系统强加给表达意愿的曲线。通过线条的随意性,规则的约束指引诗人抛开他自认为"思想"之所想,以及他意欲表达的事物本身。它为诗人打开偶然的和微不足道的视角。它将诗人引向诗歌的内在性,去揭示被表达意愿所压抑的思想真正的可能性。古典的"连续转变"将话语的延续与规则的约束相结合,在抑制思想的伪严肃和故事不真实的可靠时,实现了专属于艺术的思想功能。

而文学的古典主义,缩减到真实原则的文学古典主义,意义与声音真实而难以言表的诗歌和谐原则,看起来就像个老古董。从过去到现在的这一联系可以被准确定义:它将言语发声的时间与书写的时间相对照:

---

① Valéry,《作品集》,Gallimard, 1960,第 2 卷,第 636 页。
② 同上,第 635 页。

很久以前,人类的声音是低微的,这也是文学的境况。声音的出现解释了最初的文学,从此古典作品开始成形,并拥有了这种令人赞美的气质。所有人都在声音中出现,并支撑着观念的平衡状态(……)

终于有一天我们学会用双眼去阅读,而不是逐个字母去拼读,也不是去听,文学就此变得贪婪。

从咬领到轻擦的发展——从有节奏而连贯到即刻的——从一位听众可以承受和需要的,到目光迅速、贪婪和自由地浏览时所感受与吸收的东西。[①]

《如是》[②]的这段话要比标题更引人注目。它定义了文学的黄金时代,用现代观念来看,"文学"在当时并不曾存在:创造者的时代并非文字工作者的时代;这是伏尔泰所钟爱的时代,也是高乃依将言语倾诉给拉莫尼翁(Lamoignon)、摩尔(Mole)和雷兹(Retz)的时代,而不是说给"某位年轻男人或女人"心不在焉的倾听。当书写的统治到来时,这个时代便消失了。文学显得"完全变质了"。它成了自身的演变,当思想消失时,话语线条的不可能性在诗歌(曲调)线条中重新找到了更高级的力量。反哲学家瓦莱里从中重新发现了黑格尔的逻辑,尽管他曾经也拥有

---

① Valéry,《作品集》,前揭,第549页。
② *Tel quel*,或译为《原样》。——译注

过这样的逻辑。像黑格尔一样,瓦莱里建立了一种带有浪漫主义色彩的古典主义,通过有意义的思想和可感知形式的联合,这种古典主义建立在意愿的实现和惰性的抵抗之间的平衡点上,对他来说这也是规则的联合。他也意识到,这一意义与感知的"古典"结合被遗弃在无法认知的过去。结合的躯壳——黑格尔所描绘的形态,瓦莱里悲剧音乐的声音——被隐藏。表达意志和规则随意性的古典结合曾一度专属于一个本身就随意而阴暗的世界,艺术家以为在其中布下了秩序,而虚构可以在其中扮演结合的角色。在科学的世界中,潦草的残片写在纸上便能获得意义,在与普遍的机制相联系时,它便不再需要这个艺术家的秩序,作品在其中的完成就像个错误的产物。[①] 思考的行为在文学中探索着自身无法预测的可能性,再为了虚构的"傀儡们"去约束这些可能性,从而在迷失了自我的作品形式中,它已无法获得满足,就像缄默的文字,在"可能的读者那里,或是不确定的人群中"的处境。对于思想,习惯意义上的文学事业只能是"一个副产品,一种更为重要更深刻的工作的实施和练习,这一事业更多地是为了自身目的而非他人"。[②] 文学真正的功能,一种与思想"表达"和叙事报道的天真行为相对立的功能,开始转向文学

---

① 这里我总结了瓦莱里在 1902 年 12 月 3 日给安德烈·纪德的一封信的内容,《作品集》,第 1423 页。

② Valéry,《笔记》(*Cahiers*),Gallimard,1988,第 1 卷,第 296 页。

的境遇,转向思想可能性的直接探索。

瓦莱里的二推法重现了黑格尔的两难。它同样也分裂了两个时代:思想与可感知材料在可感知形象中相协调的时代,以及二者无法协调、思想转向其自身的时代。当然,"自身"的形象是有区别的,包括可感知的协调形象也有不同。重要的是,瓦莱里为了再现黑格尔的纲领所使用的方法,是与黑格尔"艺术之死"之终结判断相对立的艺术准则。在瓦莱里那里,它们是诗歌的象征主义例词,诗学思想的马拉美的观念:处于激进化状态的思想境况与材料的重现。通过由马拉美的指引以及失败的教训,瓦莱里学会了"在一切作品之上,构思并安排语言功能的有意识获取和表达高度自由的情感,从表达的高度自由来看,整个思想只是一次小事件,或者说一个特殊事件"。① 而他的立场体现的并不仅仅是一个个体从另一个频繁接触的作品中吸取的教训。它展示出一种文学理念的突变,浪漫主义诗学基础理论研究类型的突变,浪漫主义诗学需要在统一的准则之上,建立一种合乎逻辑的文学。这种逻辑联系被作品的冲突和矛盾破坏,在构思产生的关键点上偏离了原有的可能性。而这个点也是两个伟大作家的作品所回避的焦点:阿尔托的"疯狂",是对不可能性进行见证的"文学的存在";瓦莱里的清醒,深入探寻了思考的力量,

---

① Valéry,"我时而对斯特凡·马拉美说……",《作品集》,第1卷,第660页。

这种思考拒不接受对作品的限制。在这两位作家那里,在强调作品本身的可能性或不可能性时,文学的精神表现出了它的激进性。文学的本义于是变成了对自我的否定,成为驱使文学因自身利益而进行的自我毁灭运动。1940年代,关于文学的"怀疑",或是在更为根深蒂固的"无所事事"前作品的退避,没有产生历史创伤或是话语功能的政治觉醒。它们属于理性系统,该系统把"文学"变成了概念:自浪漫主义革命开始,文学是作为书写的艺术产物存在的。

于是我们发现了瓦莱里和普鲁斯特两个极其相近的句子之间差异的核心。把普鲁斯特从瓦莱里那里分离的不是因为赞成"侯爵夫人五点出门"这样的句子。而是对构成文学的浪漫主义诗学矛盾的默许。瓦莱里以黑格尔的方式,遵循着一条分界线的轨迹:说话者主体的时间和写作的时间,使思想走向诗歌规律的时间,以及将作品的写作引向思想可能性探索的自由时间,诗歌的时间和科学的时间。为此,当一般系统和再现系统的约束作用,为了节奏韵律的独有规则而被忽略时,他甚至建立了一种经济古典主义。他把诗歌变成了从思想到时间的纯粹关联。他就这样绕过了从再现诗学到表达诗学的过渡,回避了象征主义的难题,以及"说"与"看"的交错配列法,"诗中之诗"的争论和书写之争。这是为了从文学"崇拜"中分离出诗歌准则所付出的代价。然而,也是这个代价,使文学转向自身,证实了哲学终结的判断。文学认识了自己思想的历程。

普鲁斯特采取了相反的立场。他立足于文学准则的矛盾中心：作品完整结构的矛盾，其形式是自由的，正如作者意志的自由。他也致力于在作者精神中，去收集印刻着事物叠韵的象形文字；这是一种不可靠的印象，因为在印象中并没有印刻什么，同时作为隐喻的纯粹任务，印象的转换也没有改变什么。因为写出"侯爵夫人五点出门"这样的句子并不是转变。而应当写成"在她裙子的下摆和褶皱间，装饰的羽毛铺开好似孔雀开屏"。这并不是将生活中两个微不足道的对象串成虚构的提线木偶，而是用一个句子连接两种诗学：叙述事件的诗学和象征性展现的诗学。褶皱的白色布料变成了起伏的波澜，海蓝色的孔雀屏打破了线条——线条的幻梦——它用唯一的时间性起伏将思想引向诗歌。朦胧模糊的隐喻按照规律，将隐喻的两种修辞脉络与现象的脉络对照，找到了隐喻的严密性。与创作短句的乐师相反，普鲁斯特执着地认为，使"纯文学"在文学中发生转变的，是从故事功能到隐喻功能的转移。总之，文学只与很少的东西有关。文学首先在于用语言功能的象形文字（内在的作品，事物的头韵，诗-世界的小宇宙）去改变话语的文饰。这句话是《追忆》的缩影，《追忆》也发展了这一原则，诠释了这个使文学存在的运动。走出褶皱的布料带来的触觉，内在生活与被书写的作品相一致，这便是书的"梦想"。更确切地说，隐喻的句段和将故事发展与隐喻发展相统一的书，事实上共同改变了事物头韵的比喻和书写我们自身的作品。书是延伸的隐喻，隐喻展开了"另一本书"的想象特性,那是一本由自身所写的书。于是文学矛盾的诗学作为作品被完成,为作品带来了逻辑,这些逻辑将文字引向精神,或是将文学引向对其产生场所的关注。为此文学接受了被建构的作品和被印刷的作品、认知的困境和被揭示真相的无止境转移。在完成其自身的比喻构想(铭刻着事物头韵的精神生活中,象形文字的作品)和文字的(书面的)现实时,隐喻的书写合并又分离了矛盾的诗学:这种在布料的摺痕与波涛的翻滚之间,以及对波浪与孔雀开屏所进行的有些难以理解的比较,总是被双重的危险所威胁:从它所表达的内容中,"过多地呈现"以及"什么也没有呈现"。

而文学也取决于这种书写的矛盾,这一书写用修辞和再现世界的行为剥夺了言语。这种书写本身就在两个极端之间左右为难:一方面是外界的诗性,精神生活或是意义的内在世界的象征作品;另一方面,是未加修饰的书写,左右摇摆的、沉默而多语的言语,在写满文字的书页上,由平凡的读者随飘忽的注意力而变,随着注意力在纸面所提取的内容,随着词语和图像的链条而波动变化,文字在其中展现着这个世界。这也是普鲁斯特所服从的悖论。去争取作品的自律,去抵抗将作品溶解于生活的消遣和幻觉里的唯美主义。而这种自律会再一次迷失,它将托付给一位读者,对他来说,巧妙建构的关于真相的作品在儿时的清晨、在微热的下午、在波涛的泡沫或是丁香馥郁的香气的感知中消散。书本应当去别人那里挖掘精神的"犁沟",否则,它只不过是一个没有生命的摘抄本。话说回来,为了让作品讲话,不止是作品的完美终结陷于困惑,而同样赋予作品生命的"精神生活",它本身也随着文字的流动而被束缚。不存在其他的精神生活,也没有作品的其他王国,墨水在纸张均匀的色调上无尽地流淌,游荡飘忽的文字无形的躯体面向看不到脸孔的读者讲话。"沉默的孩子"之书没有别的世界,有的只是沉默的书写大量的喋喋不休。正是因为付出这样的代价,才有了作品。

当然,我们可以拒绝付出这代价。这与作品在拒绝和解与同意和解之间做出决定无关。而应当指出这样或那样的立场如何坚持"以文学的方式"书写艺术作品中可见性的特殊形态逻辑。文学,是由语言的必然性与语言所表达内容的无差别性、充满活力的精神与无修饰文字的大众化之间无法实现的和谐所支配的可能存在的系统。在这一理性的历史系统中,想要将作品牢固的现实从关于作品的可能性或不可能性的话语中区分出来是徒劳的,这些话语扎根于作品内部。如果这些话语已然存在,那么没有哪些作品,可以让我们打着它们的旗号去消除关于作品的多余话语。同样,浪漫主义诗学宣告了作品的自主的价值,展现了作品对语言的和人性的诗歌的见证特征,以及自说自话的能力。总的来说,它包含了从作品到自我的距离,在自律的限定下,从"这边"到"那边"的转移。当然,这一系统也有严格的矛盾。它同样也定义了使这种浪漫主义诗学成为作品的起伏的规则。将文学交给相对立规则的体裁系统的打破,使无法并存的功能和对立诗学的交错之间的过渡得以实现。它把文学变成了模棱两可的舞台:两种无体裁的体裁——小说和随笔相互包含、对立或是交错,分配给分离的两个极端,结合或倒置着所有这些特性:作品和关于作品的话语、虚构的规则、使文学绝对化的幻想或是破坏运转机制的批评话语。如果普鲁斯特的作品是个典范,就像乔伊斯的作品(乔伊斯对普鲁斯特的作品没有留下任何评价,普鲁斯特也并没有对乔伊斯给予好评),这是通过一种将虚构(包括他的话语和幻想)放在同样的部署中的能力,以及在作品的形式中,将离心力、分离、散漫或是固有于文学准则矛盾的怀疑力量等多种力量聚合在一起的能力。

这些典范作品着重强调在美学的时代、在艺术机制中文学的独特地位。在过去代替诗学、创立美学的大革命中,书写的艺术曾再次处于最为暴露的地位。从故事优先到语言至上发生了转移。其实这种至上只有为了迎合语言观念的扩大目的时才得以施展。扩大,不是仅仅将语言的高贵给予色彩或是音乐的更为有力的可感知魅力,或是赋予被艺术家雕刻过后,石块更富表现力的形式。扩大,同样也将印刻在事物表面或是精神深处的象形文字的优秀诗歌,与书写在纸张上句段的表达相对照。浪漫主义时代,语言的伟大繁衍使最为庄重朴实的石块开口讲话;康定斯基时代,它又将"精神的"表达置于色彩的抽象笔法;在维尔托夫(Vertov)或爱普斯坦(Epstein)的时代,它使照相机的真实镜头以移动画面的造型组合与过去的再现文学相对立。

书写的艺术看起来被固定,一边是形式和事物的语言,另一边是思想的符号。在黑格尔的艺术目的论中,诗歌不仅仅是最后的浪漫主义艺术,也是一种借助艺术才能显示出其一般性的"普遍艺术"。诗歌在使各种形式的语言变得虚幻时,也抛弃了自己的能力。它将艺术的形式引向思想的符号。在化身为形式的语言和思想的符号工具之间,除了象征(符号)的模棱两可之外别无其他。文学斗士曾以取消这种继承观念为目标,努力为文学提供其思想的可感知形式。他们遭遇了矛盾,但并未停止去证明一种强制的力量。文学思想本身的形式应当是音乐或者舞蹈的沉默语言"寂静的"模仿,是对思想节奏想象的投射,或是铭刻于内在生活的象形文字中,事物话语的神秘誊写。伟大解放宣告了从再现的必要性中解脱的艺术全面来临,书写的艺术似乎只得去选择要么作为过去的最后艺术,要么宣布只有别的艺术才能完成这项使命。被书写的文字中,孔雀开屏这样不循常理的隐喻,如果是置换了大地和海洋的绘画艺术面对这隐喻的原型,会画出什么?而扩大了形式展现和意义之功能的图像和声音,面对它们的分解、重叠和旋转,隐喻又该如何阐释?

奇怪的是,正是这种书写的贫乏帮助文学进行抵抗,文学所拥有的正是这一微弱的方式,为了适应不同语言灿烂丰富的语言画面,这些画面也让文学学会支配幻想和怀疑(这二者使文学从自身脱离),让它用词语的精确含义去创造一种怀疑论艺术的虚构和隐喻:一种审视自身的艺术,一种将审视变成虚构的艺术,与艺术幻想共同展现的艺术。这种艺术否认自身哲学,并以哲学的名义进行自我否认。及此,在反抗被当代人称为"艺术的危机"时,文学不可靠的艺术被证实优于其他艺术。我们所谓的"艺术的危机",如果不是某些艺术的无能,不是造型艺术的危机,说到底,是不是丰富的艺术即将成为怀疑的艺术,成为能够虚构艺术的界限和它的夸张效果的危机?非怀疑艺术是一种服从于它自己"思想"力量的艺术,局限于表达自己思想的无休止使命,去展现自身一直到它消失。这是一种依赖其矛盾生存的艺术,但它却无法遭遇矛盾。这就是可视艺术幸又不幸的命运。可视艺术曾在艺术的美学构图中交过好运,是集合浪漫主义诗学矛盾两种对立准则的最独特艺术:在占有一切主题和材料的同时,一种原则宣布了风格的绝对化;另一种原则表明了万物制造语言时所利用的双重普遍性。任何材料都是诗歌化的,即使是它们的特性之一——象形文字,材料通过象形文字的书写线条展现其自身。任何形式又都是艺术性的,即使是作为艺术的纯粹意愿的展示。在这些准则的交汇处,呈现着可视艺术无限的可能性。今天,我们可以说它们变成了"无论什么"的领域。而可悲的"无论什么"究竟是什么,如果它不是美学时代批量赋予可视艺术的"一切皆可能":即故事的线索,书写的符号和艺术的意愿的表现之间的重合。可视的艺术靠浪漫主义的双重美学动力生存,这一动力允许任何客体成为双倍的艺术:因为它曾希望作为艺术展现,也因为它表现了双重性,借由这种双重性万物才得以定义自身。如果功能的双重性和现成的(ready-made)地点的搬移,拥有我们所熟知的概念上的运气,是因为它们实现了这两种准则的正确配合。它们用最准确的寓意赋予艺术好运,这是一种与万物的重新-展现(re-présentation)相一致的艺术,重新-展现作为他者(autre)的思想变化本原(même),在可感知的及有意义的艺术意志和双重实体之间,实现事物的先定和谐。问题是,一种确定要创造艺术的艺术,突然不再表现它自己的意图,即便是把这种表现变成对自身的揭示。在自我宣告的强调和自我揭示的突显之间,艺术很难塑造其怀疑的能力。

文学的运气越差,经历的不幸就越少。文学的客体或是意图都不曾保护过它。这就是福楼拜之焦虑的含义:句子微不足道的偏离就能创造一个保罗·德科克[①]。这是普鲁斯特之自负宣告的意义:根据艺术的最终判断,意图并没有被重视。这句话应该明确地表述为:正是在书写的艺术中,意图未受重视。因为这种艺术只会用单词去说话,用与意图相同的语言说话,并且不得不在这种语言中制造差异,该差异不仅使作品产生,也使作品成为对自身意图的驳斥。艺术只能去支配被书写的词汇语言,去展现书写的伟大梦想,而非在事物的表面留下文字记录。艺术的逆境迫使它走向了词语怀疑的成功,词语使人们相信它们

---

① 保罗·德科克(Charles Paul de Kock, 1793—1871),法国通俗小说家。——译注

不只是一些词语,同时也是在评判自身的这一梦想。大众的笔墨流淌着均匀的色调,在引发书写之争的同时,也自相矛盾地成了艺术坚定的避风港。

"轻与重"文丛（已出）

01 脆弱的幸福　　　［法］茨维坦·托多罗夫 著　　孙伟红 译
02 启蒙的精神　　　［法］茨维坦·托多罗夫 著　　马利红 译
03 日常生活颂歌　　［法］茨维坦·托多罗夫 著　　曹丹红 译
04 爱的多重奏　　　［法］阿兰·巴迪欧 著　　　　邓　刚 译
05 镜中的忧郁　　　［瑞士］让·斯塔罗宾斯基 著　郭宏安 译
06 古罗马的性与权力
　　　　　　　　　［法］保罗·韦纳 著　　　　　谢　强 译
07 梦想的权利　　　［法］加斯东·巴什拉 著
　　　　　　　　　杜小真　顾嘉琛 译
08 审美资本主义　　［法］奥利维耶·阿苏利 著　　黄　琰 译
09 个体的颂歌　　　［法］茨维坦·托多罗夫 著　　苗　馨 译
10 当爱冲昏头　　　［德］H·柯依瑟尔　E·舒拉克 著
　　　　　　　　　张存华 译
11 简单的思想　　　［法］热拉尔·马瑟 著　　　　黄　蓓 译
12 论移情问题　　　［德］艾迪特·施泰因 著　　　张浩军 译
13 重返风景　　　　［法］卡特琳·古特 著　　　　黄金菊 译
14 狄德罗与卢梭　　［英］玛丽安·霍布森 著　　　胡振明 译

15	走向绝对	[法]茨维坦·托多罗夫 著	朱 静 译
16	古希腊人是否相信他们的神话	[法]保罗·韦纳 著	张 竝 译
17	图像的生与死	[法]雷吉斯·德布雷 著	黄迅余 黄建华 译
18	自由的创造与理性的象征	[瑞士]让·斯塔罗宾斯基 著	张 亘 夏 燕 译
19	伊西斯的面纱	[法]皮埃尔·阿多 著	张卜天 译
20	欲望的眩晕	[法]奥利维耶·普里奥尔 著	方尔平 译
21	谁,在我呼喊时	[法]克洛德·穆沙 著	李金佳 译
22	普鲁斯特的空间	[比利时]乔治·普莱 著	张新木 译
23	存在的遗骸	[意大利]圣地亚哥·扎巴拉 著	吴闻仪 吴晓番 刘梁剑 译
24	艺术家的责任	[法]让·克莱尔 著	赵苓岑 曹丹红 译
25	僭越的感觉/欲望之书	[法]白兰达·卡诺纳 著	袁筱一 译
26	极限体验与书写	[法]菲利浦·索莱尔斯 著	唐 珍 译
27	探求自由的古希腊	[法]雅克利娜·德·罗米伊 著	张 竝 译
28	别忘记生活	[法]皮埃尔·阿多 著	孙圣英 译

图书在版编目(CIP)数据

沉默的言语:论文学的矛盾/(法)朗西埃著;臧小佳译.
--上海:华东师范大学出版社,2016.5
("轻与重"文丛)
ISBN 978-7-5675-3494-0

Ⅰ.①沉… Ⅱ.①朗…②臧… Ⅲ.①文学研究 Ⅳ.①I0

中国版本图书馆 CIP 数据核字(2015)第 094904 号

华东师范大学出版社六点分社
企划人 倪为国

轻与重文丛
沉默的言语:论文学的矛盾

主　编　姜丹丹　何乏笔
著　者　(法)雅克·朗西埃
译　者　臧小佳
责任编辑　高建红
封面设计　姚　荣

出版发行　华东师范大学出版社
社　　址　上海市中山北路 3663 号　邮编　200062
网　　址　www.ecnupress.com.cn
电　　话　021-60821666　行政传真　021-62572105
客服电话　021-62865537
门市(邮购)电话　021-62869887
地　　址　上海市中山北路 3663 号华东师范大学校内先锋路口
网　　店　http://hdsdcbs.tmall.com

印 刷 者　上海中华商务联合印刷有限公司
开　　本　787×1092　1/32
印　　张　8
字　　数　135 千字
版　　次　2016 年 5 月第 1 版
印　　次　2023 年 8 月第 2 次
书　　号　ISBN 978-7-5675-3494-0/I·1358
定　　价　45.00 元

出 版 人　王　焰

(如发现本版图书有印订质量问题,请寄回本社客服中心调换或电话 021-62865537 联系)

LA PAROLE MUETTE
de Jacques RANCIERE
Cet ouvrage est paru initialement en 1998 aux editions Hachette Litteratures
World Copyright © LIBRAIRIE ARTHEME FAYARD 2010
Simplified Chinese Translation Copyright © 2016 by East China Normal University Press Ltd
ALL RIGHTS RESERVED.
上海市版权局著作权合同登记　图字:09 - 2011 - 385 号